*Escolha
o seu sonho*

Cecília Meireles

Escolha o seu sonho

(crônicas)

28ª EDIÇÃO

EDITORA RECORD
RIO DE JANEIRO • SÃO PAULO
2008

CIP-Brasil. Catalogação-na-fonte
Sindicato Nacional dos Editores de Livros, RJ.

M453e Meireles, Cecília, 1901-1964
28ª ed. Escolha o seu sonho: (crônicas) / Cecília Meireles. –
28ª ed. – Rio de Janeiro: Record, 2008

1. Crônicas brasileiras. I. Título.

96-1539
CDD – 869.98
CDU – 869.0(81)-8

Copyright © Cecília Meireles Grillo, 1964.

As crônicas reunidas neste volume foram extraídas dos programas "quadrante", da rádio ministério da educação e cultura, e "vozes da cidade", da rádio roquette pinto.

Direitos exclusivos desta edição reservados pela
EDITORA RECORD LTDA.
Rua Argentina 171 – Rio de Janeiro, RJ – 20921-380 – Tel.: 2585-2000

Impresso no Brasil

ISBN 978-85-01-00171-9

PEDIDOS PELO REEMBOLSO POSTAL
Caixa Postal 23.052
Rio de Janeiro, RJ – 20922-970

EDITORA AFILIADA

ÍNDICE

Liberdade 7
O "Divino Bachô" 10
Mundo Engraçado 13
Passeio na Floresta 15
Casas Amáveis 17
Arte de Ser Feliz 20
Camelô Caprichado 22
Genealogia 25
Vozes de Humaitá 28
Da Solidão 31
As Meninas dos Hospitais 34
Os Convalescentes Sonham 37
A Visitante Pequenina 40
Gente Desaparecida 43
Programa de Circo 46
Tempo Incerto 48
O Estranho Encontro 50
História de Bem-Te-Vi 53

Vovô Hugo 56
Imagem de Faulkner 59
Um Livrinho e Muitas Saudades 62
Dona Júlia 65
Estrela Breve 67
Chuva com Lembranças 69
Semana de Mário 71
O Grupo Fernando Pessoa 73
Visita a Carlos Drummond 75
Portinari, o Trabalhador 78
O Fim do Mundo 81
A Lua de Li Po 84
Semana Santa em Ouro Preto 87
Ovos de Páscoa 90
Do Diário do Imperador 92
Eclipse Lunar 95
Saudades dos Trovões 98
Tarde de Sábado 100
Aberrações do Número 103
Este Senhor Murilo Miranda 106
O Sino e o Sono 109
Compensação 112
Que É do Sorriso? 114
Escolha o Seu Sonho 116
Tristeza de Cronista 118
Brinquedos Incendiados 121
A Enfermeira Egípcia 123

Liberdade

DEVE EXISTIR NOS HOMENS um sentimento profundo que corresponde a essa palavra LIBERDADE, pois sobre ela se têm escrito poemas e hinos, a ela se têm levantado estátuas e monumentos, por ela se tem até morrido com alegria e felicidade. Diz-se que o homem nasceu livre, que a liberdade de cada um acaba onde começa a liberdade de outrem; que onde não há liberdade não há pátria; que a morte é preferível à falta de liberdade; que renunciar à liberdade é renunciar à própria condição humana; que a liberdade é o maior bem do mundo; que a liberdade é o oposto à fatalidade e à escravidão; nossos bisavós gritavam "Liberdade, Igualdade e Fraternidade!"; nossos avós cantaram: "Ou ficar a Pátria livre/ ou morrer pelo Brasil!"; nossos pais pediam: "Liberdade! Liberdade!/ abre as asas sobre nós", e nós recordamos todos os dias que "o sol da liberdade em raios fúlgidos/ brilhou no céu da Pátria..." — em certo instante.

Somos, pois, criaturas nutridas de liberdade há muito tempo, com disposições de cantá-la, amá-la, combater e certamente morrer por ela.

Ser livre — como diria o famoso conselheiro... é não

ser escravo; é agir segundo a nossa cabeça e o nosso coração, mesmo tendo de partir esse coração e essa cabeça para encontrar um caminho... Enfim, ser livre é ser responsável, é repudiar a condição de autômato e de teleguiado — é proclamar o triunfo luminoso do espírito. (Suponho que seja isso.)

Ser livre é ir mais além: é buscar outro espaço, outras dimensões, é ampliar a órbita da vida. É não estar acorrentado. É não viver obrigatoriamente entre quatro paredes.

Por isso, os meninos atiram pedras e soltam papagaios. A pedra inocentemente vai até onde o sonho das crianças deseja ir. (Às vezes, é certo, quebra alguma coisa, no seu percurso...)

Os papagaios vão pelos ares até onde os meninos de outrora (muito de outrora!...) não acreditavam que se pudesse chegar tão simplesmente, com um fio de linha e um pouco de vento!...

Acontece, porém, que um menino, para empinar um papagaio, esqueceu-se da fatalidade dos fios elétricos e perdeu a vida.

E os loucos que sonharam sair de seus pavilhões, usando a fórmula do incêndio para chegarem à liberdade, morreram queimados, com o mapa da Liberdade nas mãos!...

São essas coisas tristes que contornam sombriamente aquele sentimento luminoso da LIBERDADE. Para alcançá-la estamos todos os dias expostos à morte. E os tímidos preferem ficar onde estão, preferem mesmo prender melhor suas correntes e não pensar em assunto tão ingrato.

Mas os sonhadores vão para a frente, soltando seus papagaios, morrendo nos seus incêndios, como as crianças e os loucos. E cantando aqueles hinos, que falam de asas, de raios fúlgidos — linguagem de seus antepassados, estranha linguagem humana, nestes andaimes dos construtores de Babel...

O "Divino Bachô"

HÁ TRÊS SÉCULOS — exatamente entre 1644 e 1694 — vivia no Japão o grande poeta Bachô, considerado por muitos o mais admirável representante da poesia no seu país, tanto pela perfeição de seus poemas como pela pureza de sua vida. Chamam-no o "divino Bachô", resumindo nessa expressão sua glória de homem e de artista. Tendo abandonado suas atividades de muito jovem funcionário, tornou-se monge budista, levando existência errante. Mais tarde, teria passado a habitar uma cabana, à sombra de uma bananeira, de onde lhe veio o nome de Bachô, que é pseudônimo literário.

Embora tendo sido também fino prosador, Bachô é mais conhecido no Ocidente pelos seus breves poemas de dezessete sílabas que, no Japão, se chamam *hái-kái* ou *kái-ku*, tipo de composição a que ele e os da sua escola imprimiram brilho e dignidade excepcionais.

O *hái-kái* tem sido tentado por muitos poetas ocidentais, seduzidos pela sua extrema concisão de forma. Mas, em japonês, o *hái-kái* não é apenas um quadro breve, um desenho extremamente sucinto e, na aparência, fácil, representando uma paisagem, uma situação ou um estado de espírito. Os elementos que nele se dispõem e são diretamente perceptíveis pelos sentidos evocam, para os japoneses, sugestões que o Ocidente em geral não pode captar, por aludirem a circunstâncias, pessoas, acontecimentos inerentes ao Japão e ao seu povo. Às vezes, a poesia decorre de jogos de palavras, intraduzíveis em outros idiomas. De modo que, quase sempre, o que o leitor não-iniciado percebe, num desses poemas, nada tem a ver com o que ele verdadeiramente exprime.

Um dos mais conhecidos *hái-kái* de Bachô é o que diz:

"Velho tanque.
Uma rã mergulha.
Barulho da água."

Essa pequena imagem, que nos deleita pelo contraste do silêncio do velho tanque com o súbito salto da rã e o som da água, tem, na análise dos especialistas, um significado mais profundo: ela representaria o choque do momentâneo com o permanente, choque de que resulta a "percepção da verdade". Assim, o *hái-kái*, nas mãos de um artista da qualidade de Bachô, apresenta dimensões que mal se poderiam adivinhar nas suas dezessete sílabas. É um engano tomá-lo apenas pelo aspecto superficial: precisa-se penetrar na intimidade da sua significação.

Há outro *hái-kái* de Bachô que se tornou famoso no Ocidente. E nesse, embora, pelo lado plástico, se nos ofereça uma inesquecível imagem, o conteúdo moral se torna transparente, de modo que o pequeno poema vale duplamente, pela forma e pelo sentido. Na verdade, ele fora composto por Kikaku, um dos discípulos favoritos de Bachô. E dizia:

"Uma libélula rubra.
Tirai-lhe as asas:
uma pimenta."

Bachô, diante da imagem cruel, corrigiu o poema de seu discípulo, com uma simples modificação dos termos:

"Uma pimenta.
Colocai-lhe asas:
uma libélula rubra."

Este pequeno exemplo de compaixão, conservado num breve poema japonês de trezentos anos, emociona e confunde estes nossos grandiosos tempos bárbaros. Mas sua luz não se apaga, e até se vê melhor — porque vastas e assustadoras são as trevas dos nossos dias.

Mundo Engraçado

O MUNDO ESTÁ CHEIO DE COISAS engraçadas: quem se quiser distrair não precisa ir à Pasárgada do Bandeira, nem à minha Ilha do Nanja; não precisa sair de sua cidade, talvez nem da sua rua, nem da sua pessoa! (Somos engraçadíssimos, também, com tantas dúvidas, audácias, temores, ignorância, convicções...)
Abre-se um jornal — e tudo é engraçado, mesmo o que parece triste. Cada fato, cada raciocínio, cada opinião nos faria sorrir por muitas horas, se ainda tivéssemos horas disponíveis.
Há os mentirosos, por exemplo. E pode haver coisa mais engraçada que o mentiroso? Ele diz isto e aquilo, com a maior seriedade; fala-nos de seus planos; de seus amigos (poderosos, influentes, ricos); queixa-se de algumas perseguições (que aliás, profundamente despreza); às vezes conta-nos que foi roubado em algum quadro célebre ou numa pedra preciosa, oferecida à sua bisavó pelo Primeiro-Ministro da Cochinchina. O mentiroso conhece as maiores personalidades do Mundo — trata-as até por *tu*! Seus amores são a coisa mais poética do século. Suas futuras viagens prometem ser as mais sensacionais, depois dessas banalidades de Ulisses e Simbad...
Certamente escreverá o seu diário, mas não o publicará

jamais, porque é preciso um papel que não existe, um editor que ainda não nasceu e um leitor que terá de sofrer várias encarnações para ser digno de o entender.

Em geral os mentirosos são muito agradáveis, desde que não se tome como verdade nada do que dizem. E esse é o inconveniente: às vezes, leva-se algum tempo para se fazer a identificação. Uma vez feita, porém, que maravilha! — é só deixá-los falar. É como um sonho, uma história de aventuras, um filme colorido.

Há também os posudos. Os posudos ainda são mais engraçados que os mentirosos e geralmente acumulam as funções. O que os torna mais engraçados é serem tão solenes. Os posudos funcionários são deslumbrantes! Como se sentam à sua mesa! Como consertam os óculos! Que coisas dizem! As coisas que dizem são poemas épicos com a fita posta ao contrário. Não se entende nada — mas que diapasão! que delicadas barafundas! que sons! que ritmos! Seus discursos e as palmas que os acompanham conseguem realizar o prodígio de serem a coisa mais cômica da terra pronunciada no tom mais sério, mais grave, mais trágico — de modo que o ouvinte, que rebenta de rir por dentro, sofre uma atrapalhação emocional e consegue manter-se estático, paralisado, equivocado.

Os posudos, porém, são menos agradáveis que os simples mentirosos. Os mentirosos têm um jeito frívolo, como se andassem acompanhados de um criado que anunciasse: "Não creiam em nada do que o meu amo diz!" Mas os posudos levam um séquito de criados, todos posudos também, que recolhem nas sacolas, grandes e pequenas gorjetas, porque uma das qualidades do posudo é andar sempre com muito dinheiro — que não é seu!

Passeio na Floresta

A PRINCÍPIO, AS CRIANÇAS QUEREM apenas passear na floresta. A floresta é o horizonte, o mais além, o mistério das árvores desconhecidas e dos animais fabulosos. Fatigadas da monotonia das cidades de cimento, ferro e vidro, as crianças imaginam a floresta como um sítio sobrenatural, com árvores que abrem os olhos, falam, sorriem, oferecem flores, borboletas, bagos de mel, coquinhos amarelos.

São crianças precocemente desencantadas do que existe: não se importam com o cãozinho tão alegre, com o burro que ali está debaixo da figueira, desgostoso e incompreendido. Passam pelo canário-da-terra sem qualquer emoção. Não se detêm a olhar para a vaca malhada nem para a cabrinha carregada de leite. Querem outra coisa. O inesperado, o extraordinário, a aventura. Querem a floresta que sobe pela montanha, querem o mistério, com suas pródigas seduções.

Depois dos mulungus de chamas vermelhas, depois dos cavalos que sacodem o orvalho das crinas, e mais além das cercas de bambu; quando se acabam as pobres cabanas, e o córrego é um fio d'água lavando pedrinhas, quan-

do a presença humana vai sendo cada vez mais rara — nesse lugar as crianças começam a sentir-se felizes: está próxima a floresta.
E vai ser muito mais belo, agora. Vamos, enfim, passear na floresta: no reino da infância, que tem outra linguagem e outro silêncio. Na ponta dos ramos, as folhinhas novas abrem pequenas mãos e acenam. Deve ser este o caminho do mundo impossível, a habitação desse povo lendário cuja história as crianças conhecem com todos os pormenores: o anão, a fada, o saci-pererê.
Quando as crianças dizem que vão passear na floresta, elas estão vivendo a sua realidade, que os adultos já esqueceram. Esperam encontrar caçadores sobre-humanos, tesouros escondidos debaixo de pedras, escadas subterrâneas. As crianças querem dar suas provas de heroísmo e destemor.
A floresta sussurra, envia seus perfumes, sua sombra, os rumores dos pássaros que voam e das folhas que caem. E as crianças vão caminhando para esse calmo, esse manso regaço maternal. A agressiva cidade vai perdendo o contorno e o significado.
É quando o pássaro-feiticeiro solta um assovio, de repente, e faz escurecer. As crianças já tinham mergulhado na floresta. Começaram a visitar os frutos de mel e a flor que sorri.
E agora perdem-se no escuro, e suas vozes estão aqui, além, sem que elas mesmas entendam como podem falar assim longe.
A floresta é um sonho enorme, em redor das crianças. É um oceano de sombra. E aquelas flores, e aqueles animais fabulosos, e os caçadores e os coquinhos amarelos, nada disso se avista mais. A floresta é apenas escuridão.

Casas Amáveis

VOCÊS ME DIRÃO QUE AS casas antigas têm ratos, goteiras, portas e janelas empenadas, trincos que não correm, encanamentos que não funcionam. Mas não acontece o mesmo com tantos apartamentos novinhos em folha? Agora, o que nenhum arranha-céu poderá ter, e as casas antigas tinham, é esse ar humano, esse modo comunicativo, essa expressão de gentileza que enchiam de mensagens amáveis as ruas de outrora. Havia o feitio da casa: os chalés, com aquelas rendas de madeira pelo telhado, pelas varandas, eram uma festa, uma alegria, um vestido de noiva, uma árvore de Natal. As casas de platibanda expunham todos os seus disparates felizes: jarros e compoteiras lá no alto, moças recostadas em brasões, pássaros de asas abertas, painéis com datas e monogramas em relevos de ouro. Tudo isso queria dizer alguma coisa: as fachadas esforçavam-se por falar. E ouvia-se a sua linguagem com enternecimento. Mas, hoje, quem se detém a olhar para rosas esculpidas, acentos, estrelas, cupidos, esfinges, cariátides? Eram recordações mediterrâneas, orientais: mitologia, paganismo, saudade. (Que quer dizer saudade? E para que e o que recordar?)

Os jardins tinham suas deusas, seus anões; possuíam mesmo bosques, onde morariam ecos e oráculos; e pequenas cascatas, pequenas grutas com um pouco d'água para os peixinhos. Possuíam canteiros de flores obscuras — violetas, amores-perfeitos — para serem vistas só de perto, carinhosamente, uma por uma, de cor em cor. (Hoje, estes ventos grandiosos apagam tudo.)

E, lá dentro, as casas tinham corredores crepusculares, porões úmidos, habitados por certos fantasmas domésticos, que de vez em quando se faziam lembrar, com seus pálidos sopros, seus transparentes calcanhares, suas algemas de escravidão. As famílias abrigavam cortejos de mortos.

E havia as clarabóias. Luz como aquela? Nem a do luar! — uma suavidade de cinza e marfim, a maciez da seda, o fulgor da opala.

As casas eram o retrato de seus proprietários. Sabia-se logo de suas virtudes e defeitos. Retratos expostos ao público: nem sempre simpáticos, mas geralmente fiéis.

Agora, os andaimes sobem, para os arranha-céus vitoriosos, frios e monótonos, tão seguros de sua utilidade que não podem suspeitar da sua ausência de gentileza.

Qualquer dia, também desaparecerão essas últimas casas coloridas que exibem a todos os passantes suas ingênuas alegrias íntimas — flores de papel, abajures encarnados, colchas de franjas — e suas risonhas proprietárias têm sempre um Y no nome, Yara, Nancy, Jeny... Ah! não veremos mais essas palavras, em diagonal, por cima das janelas, de cortininhas arregaçadas, com um gatinho dormindo no peitoril.

Afinal, tudo serão arranha-céus. (Ninguém mais quer ser como é: todos querem ser como os outros são.)

E eis que as ruas ficarão profundamente tristes, sem a graça, o encanto, a surpresa das casas, que vão sendo derrubadas. Casas suntuosas ou modestas, mas expressivas, comunicantes. Casas amáveis.

Arte de Ser Feliz

HOUVE UM TEMPO EM QUE a minha janela se abria para um chalé. Na ponta do chalé brilhava um grande ovo de louça azul. Nesse ovo costumava pousar um pombo branco. Ora, nos dias límpidos, quando o céu ficava da mesma cor do ovo de louça, o pombo parecia pousado no ar. Eu era criança, achava essa ilusão maravilhosa, e sentia-me completamente feliz.

Houve um tempo em que a minha janela dava para um canal. No canal oscilava um barco. Um barco carregado de flores. Para onde iam aquelas flores? quem as comprava? em que jarra, em que sala, diante de quem brilhariam, na sua breve existência? e que mãos as tinham criado? e que pessoas iam sorrir de alegria ao recebê-las? Eu não era mais criança, porém minha alma ficava completamente feliz.

Houve um tempo em que a minha janela se abria para um terreiro, onde uma vasta mangueira alargava sua copa redonda. À sombra da árvore, numa esteira, passava quase todo o dia sentada uma mulher, cercada de crianças. E contava histórias. Eu não a podia ouvir, da altura da janela; e mesmo que a ouvisse, não a entenderia, porque isso foi muito longe, num idioma difícil. Mas as crianças tinham tal expressão no rosto, e às vezes faziam com as mãos arabescos tão compreensíveis, que eu que participava do auditório imaginava os assuntos e suas peripécias — e me sentia completamente feliz.

Houve um tempo em que a minha janela se abria sobre uma cidade que parecia feita de giz. Perto da janela havia um pequeno jardim quase seco. Era uma época de estiagem, de terra esfarelada, e o jardim parecia morto. Mas todas as manhãs vinha um pobre homem com um balde e, em silêncio, ia atirando com a mão umas gotas de água sobre as plantas. Não era uma rega: era uma espécie de aspersão ritual, para que o jardim não morresse. E eu olhava para as plantas, para o homem, para as gotas de água que caíam de seus dedos magros, e meu coração ficava completamente feliz.

Às vezes abro a janela e encontro o jasmineiro em flor. Outras vezes encontro nuvens espessas. Avisto crianças que vão para a escola. Pardais que pulam pelo muro. Gatos que abrem e fecham os olhos, sonhando com pardais. Borboletas brancas, duas a duas, como refletidas no espelho do ar. Marimbondos: que sempre me parecem personagens de Lope de Vega. Às vezes, um galo canta. Às vezes, um avião passa. Tudo está certo, no seu lugar, cumprindo o seu destino. E eu me sinto completamente feliz.

Mas, quando falo dessas pequenas felicidades certas, que estão diante de cada janela, uns dizem que essas coisas não existem diante das minhas janelas, e outros, finalmente, que é preciso aprender a olhar, para poder vê-las assim.

Camelô Caprichado

"SENHORAS, SENHORITAS, CAVALHEIROS! — estudantes, professores, jornalistas, escritores, poetas, juízes — todos os que vivem da pena, para a pena, pela pena! — esta é a caneta ideal, a melhor caneta do mundo (marca Ciclope!), do maior contrabando jamais apreendido pela Guardamoria! (E custa apenas 100 cruzeiros!)

"Esta é uma caneta especial que escreve de baixo para cima, de cima para baixo, de trás para diante e de diante para trás! — (Observem!) Escreve em qualquer idioma, sem o menor erro de gramática! (E apenas por 100 cruzeiros!)

"Esta caneta não congela com o frio nem ferve com o calor; resiste à umidade e pressão; pode ir à Lua e ao fundo do mar, sendo a caneta preferida pelos cosmonautas e escafandristas. Uma caneta para as grandes ocasiões: inalterável ao salto, à carreira, ao mergulho e ao vôo! A caneta dos craques! Nas cores mais modernas e elegantes: verde, vermelha, roxa... (apreciem) para combinar com o seu automóvel! Com a sua gravata! Com os seus olhos!... (Por 100 cruzeiros!)

"Esta caneta privilegiada: a caneta marca Ciclope, munida de um curioso estratagema, permite mudar a cor da escrita, com o uso de duas tintas, o que facilita a indicação de grifos, títulos, citações de frases latinas, versos e pensamentos inseridos nos textos em apreço! A um simples toque, uma pressão invisível (assim!) a caneta passa a escrever em vermelho ou azul, roxo ou cor-de-abóbora, conforme a fantasia do seu portador. (E custa apenas 100 cruzeiros!)

"Adquirindo-se uma destas maravilhosas canetas, pode-se dominar qualquer hesitação da escrita: a caneta Ciclope escreve por si! Acabaram-se as dúvidas sobre crase, o lugar dos pronomes, as vírgulas e o acento circunflexo! Diante do erro, a caneta pára, emperra — pois não é uma caneta vulgar, de bomba ou pistão, mas uma caneta atômica, sensível, radioativa. Candidatos a concursos, a cargos públicos, a lugares de responsabilidade! — a caneta Ciclope resolve todos os problemas ortográficos e caligráficos! E ainda mais: esta caneta não apenas escreve, mas *pensa*! (E por 100 cruzeiros!)

"Não mais dificuldades de rima nem de concordância! Com esta caneta pode-se escrever com igual facilidade qualquer romance policial, peça de teatro, folhetim, artigos, crônicas, procurações e testamentos! Tudo rápido, correto, limpo! Cartas de negócio e cartas de amor! Tudo com o mesmo sucesso: porque esta caneta Ciclope (como o nome está dizendo) é um gigante que transporta qualquer idéia para qualquer lugar. (E custa apenas 100 cruzeiros: a melhor caneta, do maior contrabando!)

"A caneta Ciclope não mancha nem enferruja, não acaba nunca, e tem um curioso dispositivo, nestes dois ganchos, podendo ser usada no bolso do paletó ou na manga da camisa! Dourada, prateada, com belos complementos coloridos — é a caneta de escritores, escrivães e escriturários — jornalistas, radialistas, desportistas — (com o mesmo sucesso em qualquer gênero!) — do promotor e do acusado, de todos os que vivem da pena, para a pena e pela pena! (Por 100 cruzeiros!)

"Senhoras, senhoritas, cavalheiros, aqui está um bloquinho de papel: Experimentem! Experimentem! Apreciem as tintas, os ganchos, as cores, o ouro e a prata (inoxidáveis!): experimentem a maciez, a presteza, a velocidade, a exatidão! (Por 100 cruzeiros!)

"Qualquer pessoa pode ficar célebre, de um momento para outro com o simples uso da caneta Ciclope: uma caneta que escreve, uma caneta que *pensa*! Exclusiva! Original! Sem precedentes! (E apenas por 100 cruzeiros)"

(Ainda não pude comprar a caneta maravilhosa, porque há multidões em redor do camelô. Mas sua arenga — como as dos tempos eleitorais — não é rica só de esperanças, mas também de severas ameaças para os que vivem da pena, para a pena e pela pena!...)

Genealogia

O QUE ME ENCANTA, NOS ESTUDOS de Genealogia, é precisamente esse entrelaçamento de vidas que, ao longo do tempo, vão conduzindo seu mistério, sem saberem o que vai acontecer, com o sangue que transmitem, dali a quatro ou cinco gerações. O futuro é, na verdade, uma barreira cega: onde estaremos projetados daqui a três ou quatro séculos?
 Mas, em Genealogia, o passado é uma riqueza que se pode analisar: quando menos se espera, eis que nos aparece algum avô com seus brasões e glórias; alguma vítima das inconstâncias dos tempos; algumas beldades, alguns revoltosos, por entre sombras que se confundem, reduzidas a simples nomes, e que foram, no entanto, como qualquer criatura humana, um complexo de esperanças e alegrias, de sofrimentos e decepções; palpitantes nas suas datas de nascimento, casamento, testamento e morte.
 No desdobramento da árvore genealógica, vemos as lições que nos tornam comunicáveis com tantas outras vidas e como, de ramo em ramo, estamos todos aparentados nessa infinita floresta que interminavelmente cresce desde o princípio do mundo.
 Parece-me poético saber onde estava o meu sangue

por esses velhos séculos; e, em meio aos acontecimentos que dia a dia vão urdindo a história humana, onde se situavam esses antepassados que não previam os seus descendentes, como nós não prevemos os nossos.

À margem, porém, do que possam ter sido esses antepassados, e do lugar certo que lhes coube no seu mundo, há para mim um delicioso encanto em alinhar esses nomes de parentes, nomes que refletem a moda, que recebem influências de Reis e de Santos ou que traduzem apenas um gosto pessoal e às vezes brilham como pequenas jóias solitárias na profundidade do tempo.

Alegra-me saber que uma das minhas avós, no século VIII, se chamou Clara dos Anjos. É toda uma festa esse nome: festa de luz e melodia. Mulher com tal nome não parece ter habitado a Terra, mas pairado, apenas, entre nuvens e estrelas, como pequena estampa gloriosa.

Mas, do século XVI, minha avó Solanda aparece como um símbolo, um aviso, uma predestinação. Vejo essa Dona Solanda a andar sozinha no seu mundo, no seu século, no mundo de todos, em todos os séculos. (Dona Solanda que solandava...) Sola andaria, malgrado seu marido e seus filhos. A solidão é um fato interior, separado das aparências, e que não impede nem a felicidade nem a alegria.

Dona Solanda fez seu testamento e morreu, muito perto ainda de seus pais e avós algo famosos, bafejados ainda pelo convívio do Infante Dom Henrique.

Seu nome vale, talvez na órbita poética, mais do que essas mercês honrosas. Porque as honras da Corte passam, mas a aceitação de um destino é uma lição imortal.

Que pensaria Dona Solanda ao saber que esse era o

seu nome? E como teria obedecido à imposição que os pais colocaram na sua sorte como um pequeno diadema? Ai, Dona Solanda, a quatro séculos de distância, envio-vos o meu pensamento como uma flor solidária e solitária. Na verdade, muito havemos *solandado*! e *solandaremos*!

Vozes de Humaitá

HÁ MUITOS ANOS, EU OUVIA alguém cantar aquela bonita cantiga que diz assim:

"O meu engenho é de Humaitá,
é de Humaitá, é de Humaitá..."

Comecei a recordá-lo depois que vim para estes lados de Humaitá, que nada têm a ver com o engenho da cantiga, à qual estão ligados apenas por uma palavra. E, à falta de roda de engenho, dediquei-me a escutar estas vozes que, dia e noite, sobem e descem por estes recantos invisíveis, por onde vão deixando seus ecos.

A princípio, era como se estivesse em alguma praia ruidosa, por onde um grande mar solene deixasse cair suas grandes vagas como altas muralhas de pedra. Mas não se tratava de nenhum mar. Simplesmente os bondes e os ônibus se desprendem assim, pesados, num fragoroso desabamento, por estas ruas que não vejo, que não conheço: e a terra e os ares estremecem com seus estrondos. (Ah! cidade minha, que fizeste do teu antigo silêncio, dos teus delicados sussurros, mansas cantigas de bosques, praias, jardins?...)

Outros grandes barulhos se levantaram: eram as caixas-d'água, com suas bóias, as portas robustamente batidas dos automóveis e dos caminhões de madrugada. A noite enchia-se desses estampidos, dessas explosões, como se ela mesma se rompesse de alto a baixo sob a pressão dos donos do universo ou dos aprendizes de mágico espacial.

Entre tantos tumultos, a música dos bombeiros de Humaitá começou a despontar, em horas certas, com graça infantil de brinquedo sonoro. Sem querer comecei a compor: "Bandeirinha de seda encarnada que se rasga na noite... bandeirinha que dança ao vento..."

Foi quando o vento chegou, e foi um bater de portas, um uivar nos corredores, pelas varandas, por cima dos telhados: vento longo, meio rancoroso, meio triste, assoviando em redor de mim como se me encontrasse não neste quarto tranqüilo, mas num bosque de gemedoras casuarinas.

Depois, há vozes de criancinhas, muito meigas e delicadas, que acabam de chegar a este mundo e certamente irão fazer na Lua suas festas de debutantes. Ainda não as vi: mas dizem-me que, aparentemente, continuam a ser como criancinhas da terra, com os olhinhos ainda assustados pela luz do sol e a boquinha de rosa, como sempre, ávida de leite.

Outras vozes aparecem, em diferentes planos: um cãozinho inquieto, que não se sabe o que deseja; o som de martelos, numa construção invisível; e a rajada dos aviões que atravessam de repente o céu benigno, um céu de porcelana para poemas que já não se escrevem...

Ah! mas de madrugada vêm os pássaros, cada um com

sua voz, e cantam suas melodias para si mesmos. Não ouço os meus sabiás e os meus bem-te-vis de Laranjeiras. Mas um destes novos cantores anda alto pelos telhados, pelas árvores, como um pequeno ambulante, a gritar para uns e para outros a sua mercadoria. E que quer ele oferecer assim de manhãzinha, quando o céu recolhe suas gazes róseas e verdes? — Pois água límpida! Água fresca! Água de fontes matinais, que treme em seu bico, em seu pequenino corpo plumoso, em sua vida aérea e anônima! Aguadeiro do céu, este o portador do mais delicioso ruído de Humaitá — e a nossa alma se orvalha à sua voz.

Todos os outros rumores continuam sobrepostos. E o último, no fim do horizonte audível, ainda é o fragmento da perdida canção:

"O meu engenho é de Humaitá,
é de Humaitá, é de Humaitá..."

Da Solidão

HÁ MUITAS PESSOAS QUE SOFREM do mal da solidão. Basta que em redor delas se arme o silêncio, que não se manifeste aos seus olhos nenhuma presença humana, para que delas se apoderem imensa angústia: como se o peso do céu desabasse sobre a sua cabeça, como se dos horizontes se levantasse o anúncio do fim do mundo. No entanto, haverá na terra verdadeira solidão? Não estamos todos cercados por inúmeros objetos, por infinitas formas da Natureza e o nosso mundo particular não está cheio de lembranças, de sonhos, de raciocínios, de idéias, que impedem uma total solidão? Tudo é vivo e tudo fala, em redor de nós, embora com vida e voz que não são humanas, mas que podemos aprender a escutar, porque muitas vezes essa linguagem secreta ajuda a esclarecer o nosso próprio mistério. Como aquele Sultão Mamude, que entendia a fala dos pássaros, podemos aplicar toda a nossa sensibilidade a esse aparente vazio de solidão: e pouco a pouco nos sentiremos enriquecidos.

Pintores e fotógrafos andam em volta dos objetos à procura de *ângulos*, jogos de luz, eloqüência de formas, para revelarem aquilo que lhes parece não só o mais estático dos seus aspectos, mas também o mais *comunicável*, o mais rico de sugestões, o mais capaz de transmitir aquilo que excede os limites físicos desses objetos, constituindo, de certo modo, seu espírito e sua alma. Façamo-nos também desse modo videntes: olhemos devagar para a cor das paredes, o desenho das cadeiras, a transparência das vidraças, os dóceis panos tecidos sem maiores pretensões. Não procuremos neles a beleza que arrebata logo o olhar, o equilíbrio de linhas, a graça das proporções: muitas vezes seu aspecto — como o das criaturas humanas — é inábil e desajeitado. Mas não é isso que procuramos, apenas: é o seu sentido íntimo que tentamos discernir. Amemos nessas humildes coisas a carga de experiências que representam, e a repercussão, nelas sensível, de tanto trabalho humano, por infindáveis séculos.

Amemos o que sentimos de nós mesmos, nessas variadas coisas, já que, por egoístas que somos, não sabemos amar senão aquilo em que não encontramos. Amemos o antigo encantamento dos nossos olhos infantis, quando começavam a descobrir o mundo: as nervuras das madeiras, com seus caminhos de bosques e ondas e horizontes; o desenho dos azulejos; o esmalte das louças; os tranqüilos, metódicos telhados... Amemos o rumor da água que corre, os sons das máquinas, a inquieta voz dos animais, que desejaríamos traduzir.

Tudo palpita em redor de nós, e é como um dever de amor aplicarmos o ouvido, a vista, o coração e essa infinidade de formas naturais ou artificiais que encerram seu segredo, suas memórias, suas silenciosas experiências. A rosa que se despede de si mesma, o espelho onde pousa o nosso rosto, a fronha por onde se desenham os sonhos de quem dorme, tudo, tudo é um mundo com passado, presente, futuro, pelo qual transitamos atentos ou distraídos. Mundo delicado, que não se impõe com violência: que aceita a nossa frivolidade ou o nosso respeito; que espera que o descubramos, sem se anunciar nem pretender prevalecer; que pode ficar para sempre ignorado, sem que por isso deixe de existir: que não faz da sua presença um anúncio exigente: "Estou aqui! estou aqui!" Mas, concentrado em sua essência, só se revela quando os nossos sentidos estão aptos para o descobrirem. E que em silêncio nos oferece sua múltipla companhia, generosa e invisível.

Oh! se vos queixais de solidão humana, prestai atenção, em redor de vós a essa prestigiosa presença, a essa copiosa linguagem que de tudo transborda, e que conversará convosco interminavelmente.

As Meninas dos Hospitais

QUANDO OS OLHOS SE ABREM sobre estas mansas meninas dos hospitais, tem-se vontade de exclamar: "Oh! os anjos de papel *couché*!..." — vendo-as tão alvas e reluzentes, tão aladas e fora dos assuntos terrenos. Mas não seria prudente uma exclamação assim. Pois quanto a anjos elas estão muito bem-informadas, conhecem-nos pelos seus nomes, certamente passeiam com eles de braço dado; mas papel *couché* é coisa de que jamais ouviram falar, e poderiam achar depreciativa tal citação. Não devemos de forma alguma deixar pairar a sombra da mais leve suspeita de ofensa sobre as mansas meninas dos hospitais.

Pois na verdade elas não são apenas encantadoras, mas mesmo sobrenaturais: sem rumor de passos, vão e vêm, atravessam as paredes, suspendem no ar graciosamente baldes e vassouras, bandejas e lençóis como se tudo fossem ramos de flores.

A essas meninas nada se deve perguntar; nem como se chamam, nem que horas são, nem se chove ou faz bom tempo, porque elas não existem para responder a tais coisas. Sua existência transcorre em outros planos: seus espanadores e vassouras limpam as estrelas, as nuvens, asas de pássaro que nós não avistamos. Não se pode dizer que transportem nada nas mãos: tudo é muito improvável, em relação a essas reluzentes meninas. Elas andam assim soltas como plumas, simbolicamente: não para fazerem coisas concretas e objetivas, mas para recordarem aos olhos vagos dos doentes que há um mundo material onde essas coisas têm seu peso e seu valor, pois a tendência dos doentes é ir ficando muito mais irreais do que elas, e aproveitarem o descanso dos lentos dias para serem puro sonho, por mapas sobrenaturais.

Esses anjos de papel *couché* esvoaçam como folhas brancas e nelas podemos ir mentalmente escrevendo recordações, imagens amadas, pensamentos que a solidão sugere, versos que algum dia lemos, desenhos remotos de cenas que poderiam ter um dia existido.

Mas as meninas jamais desconfiariam dessas imaginações que as podem cercar e enlaçar tão sutilmente, acrescentando outros símbolos aos seus símbolos. Flutuam anônimas, dissolvem-se, evaporam-se, voam das varandas, alongam, nas mãos misteriosas, remédios que oferecem sem rumo, como flores gotejando orvalhos.

Às vezes, dir-se-ia que sorriem, mas deve ser engano da nossa parte: elas não têm razão nenhuma para sorrir, elas estão alheias ao sofrimento e à felicidade, pairam sobre essas ilusões humanas, equilibradas nessa eqüidistante indiferença com que circulam as distantes maravilhas do universo.

Poder-se-ia pensar que, por vezes, nos amassem, que se comovessem com a nossa docilidade e a nossa obediência, tão entregues que ficamos à sua contemplação, tão confiantes no poder musical do seu giro todo branco, pelas paredes azuis, pelos ares luminosos, pelas noites imóveis.

Mas, certamente, é puro engano da nossa parte, também. O mundo do amor é do outro lado destes muros: lá onde as criaturas inventaram dependências, coerências, conseqüências. E aqui tudo é livre, de uma total fluidez, sem princípio nem fim, sem sobressaltos passados ou futuros, tudo está fora dessas leis da gravidade que apegam o homem ao mundo e aos seus inúmeros elementos.

Assim, os anjos de papel *couché*, em cujas brilhantes asas vamos imprimindo tantas lembranças e sentimentos, não conservam nada disso permanentemente em sua lustrosa brancura. Todas essas coisas que nós supomos grandiosas caem como um tênue pólen, dispersam-se pelas solidões que reinam entre o que somos e não somos, perdem-se no silêncio que fecha em suas abóbadas eternas a efêmera paisagem das noites e dos dias.

Os anjos de papel *couché* deslizam com suas bandejas, seus espanadores, seus medicamentos, como as estradas no seu curso: próximos, distantes, sem saberem quem somos e sem que saibamos quem sejam..

Os Convalescentes Sonham

SONHAR TODOS SONHAM. Mas os sonhos dos convalescentes assumem grandiosidades impressionantes. Deve ser uma compensação, diante das suas limitações ocasionais: impedidos de trabalhar, atiram-se, em sonho, a empresas fantásticas; reclusos, põem-se a passear em sonho pelo mundo com uma fluidez de pluma ao vento; separados do seu convívio habitual, partem livremente ao encontro dos amigos mais queridos e entregam-se a alegrias que a sua debilidade, na vigília, não poderia suportar.
Avisto a minha amiga sentada à sombra de belas árvores, como num quadro de Watteau ou Fragonard. Certamente ela está, como sempre, cercada de mil pajens e adoradores, com alaúdes e flautas. Mas tudo isso, como naqueles quadros, jaz em doce penumbra, para que apenas se destaque a figura da minha amiga, vestida de imensas rendas, coberta de rosas de seda. Tão impressionante é a amplidão do seu vestido que eu lhe pergunto: "Sílvia, você já viu o tamanho da roda da sua saia?" Ela volta para mim seus vagos olhos castanhos e responde: "Não. É muito grande?" Meu assombro é sem limites. Vejo-a fugir para longe, como um quadro que fossem transportando. "Seu vestido cobre a ilha inteira!", respondo-lhe com

inexplicável medo. E ela, cada vez mais distante, pergunta-me: "Uma ilha muito grande?" Vou dizer-lhe: "A Austrália!" — mas nesse ponto ocorre-me uma incerteza de colegial: a Austrália será mesmo uma ilha? E balbucio: "Assim como a Ilha do Governador ou a de Paquetá..." E Sílvia apaga-se no horizonte, como as estrelas...

* * *

Ponho-me então a escrever crônicas, estas crônicas de "Quadrante". Mas que rapidez, que engenho, que verve, que originalidade! Terminada uma série, porém, hesito em assiná-las. Quando foi que escrevi assim? Ah! isto devem ser as crônicas dos meus seis companheiros da semana! Enquanto o caso não se esclarece, vou terminar trabalhos interrompidos.

* * *

Agora estou traduzindo obras que ninguém conhece, escritas em idiomas que já ninguém mais sabe. Oh! que benefício enorme, para o gênero humano, estas traduções que saem das pontas dos meus dedos com uma velocidade, uma precisão e uma elegância jamais atingidas por qualquer tradutor! (Os senhores não se esqueceram de que estou sonhando, não é?) Há filas na minha rua, que vêm dar à minha porta, e que se compõem de graves eruditos, portadores de obras famosas de povos desaparecidos: todos me vêm pedir um conselho sobre isto e sobre aquilo — e já não sou eu que respondo, mas a minha máquina de escrever, sábia, certeira, veloz.

Toda a humanidade está ficando feliz com a revelação destes admiráveis textos que eu nem sei de onde vêm — de que jarra, de que caverna, de que palácio subterrâneo; mas neles, sem dúvida, se encontra a chave dos enigmas do mundo e do homem, o sentido da vida e da morte, a solução de todas as angústias contemporâneas. Infelizmente, quando esse milagre se vai produzir, soa a corneta dos bombeiros, toca o sino da capela, o passarinho de água vem cantar no telhado, meus senhores, e, sem ser por culpa minha, o mundo e a humanidade continuam como estão...

A Visitante Pequenina

SEU ROSTINHO APARECEU NA abertura da porta: era manso, louro, com um discreto sorriso. Entrou como na pontinha dos pés, e disse docemente: "Eu sou a Maria Cândida." Compreendi então que não fora um simples jogo de palavras o que Carlos Drummond escrevera: "puro açúcar-cande..." assim era ela.
Entregou-me flores.
Sentou-se ao meu lado como se fôssemos velhas amigas.
Falou-me de Sabará, de Belo Horizonte, do Rio de Janeiro: das coisas de que gosta e não gosta. Falava com uma sabedoria tranqüila, sublinhando às vezes as palavras com um pequeno gesto.
Conversamos de periquitos, salsichas, *pizza* napolitana, e eu me sentia muito entretida com essas conversas puras e naturais — incomparavelmente mais que com a maior parte das conversas literárias.
Não bastante, para não ficarmos só em assuntos domésticos, perguntei-lhe se não escrevia poemas ou crônicas. Afinal, hoje em dia todos escrevem: há mesmo muito mais escritores do que leitores, o que redunda nesse visível desequilíbrio da balança editorial...

Com a sua inalterável doçura, respondeu-me: "Não, não escrevo... Já pelejei, pelejei, mas não saiu nada..." E teve uma expressão de quem dissesse que a vida está muito além, muito acima desses assuntos de crônicas e poemas.

Era domingo e Maria Cândida parecia a encarnação do dia festivo, com seu vestidinho branco e seu jeito desataviado. Quando ela se foi embora, pensei na sua figura como nas ilustrações dos contos de Andersen, aparecera e desaparecera como uma afirmação impalpável de ar e de luz a flutuar num campo de primavera, leve, graciosa e portadora de felicidade.

Creio que me disse, antes de partir: "Qualquer dia eu volto..." Ou então imaginei que o dissera, pelo prazer que me daria a sua volta.

E voltou mesmo. Já depois do crepúsculo, quando não se espera por um visitante do seu tamanho, Maria Cândida apareceu, com o seu delicado sorriso, e um raminho de violetas protegidas por um envoltório de papel. Sua mãozinha segurava as violetas como, nas procissões, os devotos seguram as luzes protegidas, assim também, por um papelzinho, contra o vento:

Sua cabecinha de cabelos curtos e lisos parecia a de um pássaro manso; seu rosto era como um botão de rosa.

Retomamos a conversa anterior. Mas agora havia uma novidade: o jogo do Brasil com a Espanha. Ela me perguntou se eu tinha acompanhado as coisas: e em seus olhos, na penumbra, cintilaram umas pontinhas de ouro de malícia. Maria Cândida escutara!

"A *Fúria* deve ter ficado um pouco furiosa, não é?" — perguntei-lhe para brincar. Ela se admirou: "Ah! Você leu, não é? Eles se chamavam mesmo *Fúria*!" — e deu uma risadinha muito comedida, muito mineira, com aquele humorismo particular do primo Carlos Drummond. Mas eu senti que o seu júbilo era enorme, infinito, um júbilo cheio de foguetes e bombas, como o do Brasil todo, mas reduzido à expressão disciplinada naquela risadinha, muito mais idosa que Maria Cândida.

Espero que ela ainda volte, para conversarmos outras coisas, e que eu já não seja uma convalescente tão alquebrada, mas uma criança da sua idade, com sua sabedoria, a sua graça, o encanto espontâneo do seu riso — esses dons da infância que o tempo nos vai roubando cruelmente e que todos os dias precisamos energicamente recuperar.

Gente Desaparecida

O POETA PORTUGUÊS CARLOS QUEIRÓS, querido amigo, já desapareceu deste mundo há vários anos, para nossa melancolia e saudade. Mas em 1935, quando ainda estava presente, publicou um livro a que dera o nome de *Desaparecido* e que começava assim: "Sempre que leio nos jornais: 'De casa de seus pais desapareceu...' Embora sejam outros os sinais, /Suponho sempre que sou eu."

O poeta sonhava ir, jovem e independente, por seus próprios caminhos, à procura de um destino autêntico, e ser um "feliz desaparecido", mesmo quando ventos contrários atormentassem a rota do seu veleiro. Por amor a essa aventura de partir para o mistério — herança náutica de seu povo — alegrava-se com a idéia de tal evasão, certamente mais no plano simbólico do sonho do que no da realidade física e imediata.

Mas por que desaparece tanta gente, todos os dias, em redor de nós, sem que possamos admitir que esses desaparecimentos sejam de origem lírica?

Ouço pelo rádio as famílias, os amigos, os conhecidos que indagam, inquietos, que reclamam, descrevem, dão sinais, indicam pistas. Há desaparecidos de todas as idades e cores, e ambos os sexos, das mais variadas condições sociais: quem tiver notícias de seu paradeiro é favor informar às pessoas aflitas que os procuram.

Mas quem vai saber o paradeiro da mocinha de blusa cor-de-rosa e saia amarela que, assim colorida, bateu asas sem se despedir dos parentes? Quem viu o menino de blusão verde e sapatos novos que saiu de casa pela tardinha e lá se foi andando — e irá andando enquanto tiver boas solas nos sapatos — por muito que os pais inconsoláveis o estejam chorando e os vizinhos não possam entender tamanha ingratidão? Que foi feito da velhinha, um pouco desmemoriada, que saiu para a missa e depois entrou por um caminho desconhecido, com seu vestido cinzento, sua bolsinha de verniz e duas travessas no cabelo?

Há os desaparecidos recentes: de ontem, da semana passada, de há um mês ou dois. Assim mesmo recentes, não se encontram vestígios seus em parte alguma. Foram raptados? Ficaram debaixo do trem? Subiram para algum disco voador? Afogaram-se? Partiram para o secreto paraíso onde não querem ser importunados? Embarcaram para Citera? Quem sabe o que lhes aconteceu?

Mais comovente, porém, é a busca de desaparecidos antigos: "Procura-se uma conhecida que há três anos não se encontra..." Para onde foi a jovem Marília que há cinco anos disse que ia trabalhar no Rio de Janeiro?... Que é feito do rapaz moreno, com um sinal no queixo, que usava um cordãozinho de ouro com a imagem de São Jorge?

Todas essas pessoas e muitas outras estão sendo procuradas, pacientemente, com anúncios pelos jornais e nas emissoras. Uma incansável busca. Gente de todos os Estados do Brasil, gente com vários compromissos: eram noivos, eram chefes de família, eram donas-de-casa... Gente miúda, que não se esperava fosse capaz de meter-se em aventuras: meninotas e rapazinhos em idade escolar; mocinhas que pareciam tímidas e assustadas, moços ainda sem emprego... Pois desapareceram. Para onde foram? Isso é o que se deseja saber. Não quiseram mais nada com pai nem mãe, avós nem irmãos, casa, comida, sono, afeto — nada. Desejaram sumir, sumiram. Ou foram arrastados violentamente e não tiveram forças para resistir. Talvez se sintam mais felizes. Talvez estejam arrependidos e envergonhados. Talvez não existam mais. Pode ser que um dia voltem... Pode ser que, por enquanto, estejam dando a volta ao mundo num veleiro imaginário... Pode ser que já estejam cansados. Pode ser que não se cansem jamais... Enquanto não regressam, boa viagem, senhores desaparecidos! Se não regressarem, boa viagem, também!

Mas os afetos vigilantes continuam, inconformados, a recordar os ausentes — todos os dias novos, todos os dias mais numerosos — e, por humildes lugares, famílias tristes cultivam longos canteiros de saudades.

Programa de Circo

QUEREMOS IR AO CIRCO POR AMOR ao transcendente. Tudo é transcendente, no Circo: o leão e o tigre abdicam de sua ferocidade e submetem-se ao domador; o macaco, disciplinado, dirige motocicleta, os cães dão-nos a ilusão de fazer cálculos rápidos como, outrora, os guarda-livros e, hoje, as máquinas especializadas; os elefantes dançam com leveza de pluma romântica; e os cavalos adquirem um donaire de cultura e sapiência, quando se movem ao som da música, dominando, igualmente, ritmo e expressão.

O palhaço, que pretende ser o mais desprezível comparsa, sai vencedor de todas as humilhações; levanta-se lépido de seus tombos, rindo-se de bofetadas e pontapés; é capaz de cair de todas as maneiras, sem quebrar nem desconjuntar o esqueleto, coisa que nenhum de nós sabe fazer, e que todos invejamos. Porque o palhaço também é transcendente.

São transcendentes as belas *écuyères* que saltam pelos ares, subindo e descendo de cavalos, em movimento, como deusas desenhadas apenas, aparecidas em corpo de nácar e cabelos de ouro.

E os equilibristas e malabaristas — o que se ergue

apoiado na ponta do dedo, o que gira os pratos na extremidade da vara, o que atira e pára molinetes como chispas rápidas, o que vai pisando, sem outro apoio, com seus pés cuidadosos, o fio de arame... — todos são transcendentes, e realizam pequenas proezas, que representam exercícios sem fim, uma enorme constância de trabalho, um interminável aperfeiçoamento para a realização impecável de um objetivo.

E chega-se enfim ao trapezista, que é sempre o número mais sensacional. O simples fato de ele se exibir tão alto, tão acima de nós, tão longe da terra, confere-lhe uma irradiação mágica: torna-o sobrenatural, sobre-humano. Acompanhamos com os olhos a sua ascensão e sentimos que de repente se transfigura em Anjo.

Então, para o Anjo, a prova é a mais transcendente: ele se lançará pelo espaço, numa trajetória tão exata que suas mãos encontrarão o trapézio no justo momento de agarrá-lo. Nessas demonstrações geométricas há uma vida que se joga. E tão certo está o trapezista da sua matemática que às vezes se compraz em saltos mortais. É quando, arrepiados de espanto, sentimos no trapezista o Anjo que vence a Morte. E quando o vemos descer à sua condição humana, agradecemos-lhe a prova que deu, na altura, de um destino alado e triunfante.

Mas neste programa de Circo apareceu o que ninguém espera ver num espetáculo transcendente: o regresso do homem à selvageria. E vimos a Negação, o Mal, o Poder Satânico. E esse é o terrível assombro, sobre o qual meditamos, que nos envergonha, entristece e faz chorar.

Tempo Incerto

OS HOMENS TÊM COMPLICADO TANTO o mecanismo da vida que já ninguém tem certeza de nada: para se fazer alguma coisa é preciso aliar a um impulso de aventura grandes sombras de dúvida. Não se acredita mais nem na existência de gente honesta; e os bons têm medo de exercitarem sua bondade, para não serem tratados de hipócritas ou de ingênuos. Chegamos a um ponto em que a virtude é ridícula e os mais vis sentimentos se mascaram de grandiosidade, simpatia, benevolência. A observação do presente leva-nos até a descer dos exemplos do passado: os varões ilustres de outras eras terão sido realmente ilustres? Ou a História nos está contando as coisas ao contrário, pagando com dinheiros dos testamentos a opinião dos escribas? Se prestarmos atenção ao que nos dizem sobre as coisas que nós mesmos presenciamos — ou temos que aceitar a mentira como a arte mais desenvolvida do nosso tempo, ou desconfiaremos do nosso próprio testemunho, e acabamos no hospício!

Pois assim é, meus senhores! Prestai atenção às coisas que vos contam, em família, na rua, nos cafés, em várias letras de fôrma, e dizei-me se não estão incertos os tempos e se não devemos todos andar de pulga atrás da orelha!

A minha esperança estava no fim do mundo, com anjos descendo do céu; anjos suaves e anjos terríveis; os suaves para conduzirem os que se sentarão à direita de Deus, e os terríveis para os que se dirigem ao lado oposto. Mas até o fim do mundo falhou; até os profetas se enganam, a menos que as rezas dos justos tenham podido adiar a catástrofe que, afinal, seria também uma apoteose. E assim continuaremos a quebrar a cabeça com estes enigmas cotidianos.

No tempo de Molière, quando um criado dava para pensar, atrapalhava tudo. Mas agora, além dos criados, pensam os patrões, as patroas, os amigos e inimigos de uns e de outros e todo o resto da massa humana. E não só pensam, como também pensam que pensam! E além de pensarem que pensam, pensam que têm razão! E cada um é o detentor exclusivo da razão!

Pois de tal abundância de razão é que se faz a loucura. Os pedestres pensam que devem andar pelo meio da rua. Os motoristas pensam que devem pôr os veículos nas calçadas. Até os bondes, que mereciam a minha confiança, deram para sair dos trilhos. Os analfabetos, que deviam aprender, ensinam! Os ladrões vestem-se de policiais, e saem por aí a prender os inocentes! Os revólveres, que eram considerados armas perigosas, e para os quais se olhava a distância, como quem contempla a Revolução Francesa ou a Guerra do Paraguai — pois os revólveres andam agora em todos os bolsos, como troco miúdo. E a vocação das pessoas, hoje em dia, não é para o diálogo com ou sem palavras, mas para balas de diversos calibres. Perto disso, a carestia da vida é um ramo de flores. O que anda mesmo caro é a alma. E o Demônio passeia pelo mundo, glorioso e impune.

O Estranho Encontro

EFETIVAMENTE A RUA ERA AQUELA; e o velho palácio estava na minha frente. Era um palácio de trezentos anos, cor de barro, que me parecia muito familiar quanto ao desenho de sua alta porta, aos ornatos das colunas e ao lançamento da escada do vestíbulo. Apenas o seu abandono me assombrava: as portas internas tinham vidraças quebradas, de onde pendiam velhas teias de aranha. E num dos aposentos laterais eu podia mesmo ver cordéis estendidos de parede a parede, com roupas desbotadas e irreconhecíveis, que ali tinham sido postas a secar.
Não podia acreditar nos meus olhos, e avancei, pelo vestíbulo sombrio. Mas uma voz me advertiu que eu devia subir a escada. O lavor do corrimão enternecia-me. (Em que infância desceria e subiria estes degraus que, apesar de não estarem limpos, me causavam tanta emoção?)
E pouco a pouco descobri a natureza sonora do palácio. Os barulhos da rua detinham-se à porta. Por dentro, ele era musical, sensível, como as caixas de ressonância dos instrumentos de corda. O meu passo adquiria uma vibração como a do vento nas árvores; no ar havia o zumbido que existe no interior dos caramujos.

Em cima, era diferente. Criados de libré pareciam apenas pintados; tapetes imensos estendiam oceanos de flores sobre um pavimento que, no entanto, sentia crepitar sob os meus pés; grandes espelhos oxidados ostentavam suas molduras suntuosas em redor dos vidros baços; os móveis eram escassos, com sedas antigas, de cores esmaecidas.

Pensei que havia muita gente, mas achei-me sozinho. Os donos da casa vieram ao meu encontro, delicadamente, devagar e em silêncio. Procurei recordar em que retrato os tinha visto; seus trajes não se usavam mais, nem seus penteados. Nem mesmo as suas feições. Havia lacaios em todas as paredes e eram todos iguais. E eu fui sendo levada para longe, para um salão imenso, com bustos esculpidos em nichos altos.

Aparadores vastos, com anjos e colunas, sustentavam porcelanas e pratas. A mesa, coberta de aparato, era extremamente longa, e deram-me um lugar no meio. Parecia-me impossível conversar, tão longe ficavam os donos da casa, de um lado e de outro.

Mas veio o copeiro servir-me; e nos pratos não havia nada; e os copos estavam vazios e na molheira que me ofereciam achava-se apenas a colher. Os donos da casa olhavam-me com grande atenção e eu fazia o possível por não manifestar nenhuma surpresa e esperava que começassem a comer a refeição inexistente, para ver o que eu mesma devia fazer. Eles, porém, não se moveram. A senhora tinha nas orelhas os brincos de uma das minhas avós. Contemplavam-me com atenção, como quem procura inutilmente reconhecer alguém.

Os pratos foram recolhidos, vieram outros; novas

bandejas vazias apareceram, muito bem apresentadas —
porque os copeiros faziam primorosamente o seu serviço.
Depois, o casal desapareceu, fundiu-se no ar da sala;
os móveis evaporaram-se, as paredes sumiram. E fiquei
só, à sombra de uma árvore, vendo, muito longe, aos meus
pés, um vale profundo, coberto de névoa azul.

Ao meu lado, uma velha estátua de Ceres contemplava comigo a solidão. E chegou um pastorzinho, que me entregou uns ramos de violetas, dizendo-me: "Senhora, não fique triste, mas os velhos deuses morreram!"

E senti as mãos molhadas: não sei se dos meus olhos, se das violetas.

História de Bem-Te-Vi

COM ESTAS FLORESTAS DE ARRANHA-CÉUS que vão crescendo, muita gente pensa que passarinho é coisa só de jardim zoológico; e outras até acham que seja apenas antigüidade de museu. Certamente chegaremos lá; mas por enquanto ainda existem bairros afortunados onde haja uma casa, casa que tenha um quintal, quintal que tenha uma árvore. Bom será que essa árvore seja a mangueira. Pois nesse vasto palácio verde podem morar muitos passarinhos.

Os velhos cronistas desta terra encantaram-se com canindés e araras, tuins e sabiás, maracanãs e "querejuás todos azuis de cor finíssima...". Nós esquecemos tudo: quando um poeta fala num pássaro, o leitor pensa que é leitura...

Mas há um passarinho chamado bem-te-vi. Creio que ele está para acabar.

E é pena, pois com esse nome que tem — e que é a sua própria voz — devia estar em todas as repartições e outros lugares, numa elegante gaiola, para no momento oportuno anunciar a sua presença. Seria um sobressalto providencial e sob forma tão inocente e agradável que ninguém se aborreceria.

O que me leva a crer no desaparecimento do bem-te-vi são as mudanças que começo a observar na sua voz. O ano passado, aqui nas mangueiras dos meus simpáticos vizinhos, apareceu um bem-te-vi caprichoso, muito moderno, que se recusava a articular as três sílabas tradicionais do seu nome, limitando-se a gritar: "...te-vi!...te-vi", com a maior irreverência gramatical. Como dizem que as últimas gerações andam muito rebeldes e novidadeiras, achei natural que também os passarinhos estivessem contagiados pelo novo estilo humano.

Logo a seguir, o mesmo passarinho, ou seu filho ou seu irmão — como posso saber, com a folhagem cerrada da mangueira? — animou-se a uma audácia maior. Não quis saber das duas sílabas, e começou a gritar apenas daqui, dali, invisível e brincalhão: "...vi!...vi!...vi!..." o que me pareceu divertido, nesta era do *twist*.

O tempo passou, o bem-te-vi deve ter viajado, talvez seja cosmonauta, talvez tenha voado com o seu *team* de futebol — que se não há de pensar de bem-te-vis assim progressistas, que rompem com o canto da família e mudam os lemas dos seus brasões? Talvez tenha sido atacado por esses crioulos fortes que agora saem do mato de repente e disparam sem razão nenhuma no primeiro indivíduo que encontram.

Mas hoje ouvi um bem-te-vi cantar. E cantava assim: "Bem-bem-bem...te-vi!" Pensei: "É uma nova escola poética que se eleva da mangueira!..." Depois, o passarinho mudou. E fez: "Bem-te-te-te... vi!" Tornei a refletir: "Deve estar estudando a sua cartilha... Estará soletrando..." E o passarinho: "Bem-bem-bem...te-te-te...vi-vi-vi!"

Os ornitólogos devem saber se isso é caso comum ou

raro. Eu jamais tinha ouvido uma coisa assim! Mas as crianças, que sabem mais do que eu, e vão diretas aos assuntos, ouviram, pensaram e disseram: "Que engraçado! Um bem-te-vi gago!"

(É: talvez não seja mesmo exotismo, mas apenas gagueira...)

Vovô Hugo

QUEM SE LEMBRA AINDA DE Victor Hugo: Rápidos voam os tempos, nascem muitos poetas todos os dias. Não são poetas apenas que nascem, mas romancistas, críticos, e ninguém quer saber mais do que passou: todos querem ser atuais, atualíssimos, numa febre de futuro que tem o erro de proporção das visões de todas as febres: pois, ai de nós!, o futuro de hoje é o passado de amanhã e, quando já não estivermos vivos, para defender com unhas e dentes as nossas obras, elas terão de comparecer sozinhas diante do tribunal do mundo.
Rápidos voam os tempos, e não podemos dispor dos lazeres dos nossos avós, que não liam tanto, mas liam certamente melhor. Boa gente, que podia acompanhar folhetins, letra por letra, embora na atualidade ainda haja quem acompanhe novelas de rádios (não tão boas), suspiro por suspiro e lágrima por lágrima...
E eis que assim, como o voar do tempo, se formam séculos, e há um século foi terminado aquele enorme painel do romance *Os miseráveis*, que tanto comoveu os nossos avós, e do qual se riem com certo riso alvar os seus inteligentíssimos netos. Estamos em época de "condensados", de páginas que, com a melhor das intenções, os

editores desidratam, para que o leitor, vindo a misturar-lhes a linfa pura e claríssima, cintilante e profunda, da sua imaginação, faça voltar o original à sua condição primitiva. (A questão é dispormos dessa imaginação luminosa e sutil...)
Os miseráveis não são um livro: são uma biblioteca! Tudo ali se superpõe e acumula, com a grandeza confusa mas poderosa das multidões. E os nossos avós, naquela massa humana, destacavam os rostos deste e daquele personagem, e choravam pelo seu sofrimento particular naquele oceano de sofrimento geral.
Oh! meus amigos, não cuidemos que o sofrimento também começou agora! Não, ele é muito antigo! E não cuidemos que os nossos avós não souberam dessas coisas! É que os poetas e romancistas não se ocuparam delas com bravura!
Pois esse querido Vovô Hugo, dono do século XIX na França, tão capaz de escrever uma leve, fluida canção de amor, como um retumbante poema épico, estampou nesse enorme painel de Os miseráveis a desgraça coletiva que, afinal, não é maior nem menor que a de um coração desesperado de amor ou a de um herói sob as suas fatalidades: mas é diferente. O prefácio do monumental romance falava já de "infernos criados em plena civilização" e nos "três problemas do século": "a degradação do homem, a decadência da mulher, a atrofia da criança" — para afirmar que, "enquanto houver ignorância e miséria, livros como este não serão inúteis".
Pois esse livro foi publicado há 100 anos. E tais são os disparates deste mundo que muitas pessoas hão de pen-

sar que Vovô Hugo é um pobre parente já caduco que escreveu milhões de páginas. E ele, na sua glória, ficará admirado de saber que seus netos continuam sem resolver aqueles velhos problemas!

Imagem de Faulkner

AINDA NÃO HÁ TRÊS ANOS, ESTÁVAMOS em Denver, para um congresso. No *hall* do hotel, um amigo perguntou-nos: "Já viu Faulkner?" (Ele devia falar no encerramento dos trabalhos.) Havia muita gente, muito movimento: procuramos com o olhar e acabamos por descobri-lo. Estava sentado tranqüilamente, entretido consigo mesmo, tão longe, tão ausente que era como se entre ele e as pessoas que ali se amontoavam se estendesse um deserto. Ninguém parecia saber que ele estava ali: Talvez aquilo não passasse mesmo de sua imagem virtual: uma cabeça grisalha, uns olhos ao mesmo tempo vagos e atentos, um rosto pálido e impassível, uma pequena figura cinzenta.

Não lhe falamos: respeitamos aquela espécie de êxtase em que se abismava, e que não parecia exatamente uma contemplação ativa, mas um pasmo de receber nos olhos espetáculos inimagináveis: paisagens, criaturas, cenas que existiam para que ele as visse e, com a sua linguagem, as descrevesse. Quem teria a imprudência ou a coragem de se interpor àquelas visões?

Passei a encontrar Faulkner com freqüência. Às vezes estava de pé, imóvel, e girava devagar a cabeça, como um estrangeiro que, em terra desconhecida, cautelosamente sonda a sua orientação. Às vezes, um pouco adormecido, enterrado na poltrona, vivendo certamente sua liberdade de poeta, porque é um grande poeta que assina as obras de Faulkner, com suas obscuridades, cheias de revelações, o sentimento da fatalidade, o arabesco lírico entremeado à urdidura trágica.

No meio do movimentado Congresso, Faulkner foi sempre solitário, ausente, como desencarnado. Tinha, ao mesmo tempo, um ar suave, por seu silêncio e imobilidade, e um ar pétreo, de esboço em granito. E ao mesmo tempo parecia tímido, terno, triste, soberbo e insensível.

No encerramento do Congresso, tomou seu lugar à mesa onde ficou um pouco sumido. Aplaudiram-no muito. Sua voz era pequena e despretensiosa. Foi muito gentil com todos, reconhecendo nos presentes a maturidade espiritual que se requer para os felizes encontros internacionais. Esforçou-se por acreditar na felicidade desses encontros. Falou da liberdade humana, que não morre, quando os homens são metidos nos túmulos. Foi aplaudidíssimo. No final do seu discurso, havia imagem dos sobreviventes ao fim do mundo discutindo sobre o novo itinerário que deviam seguir.

Foi um breve discurso em que se afirmava a fé no espírito humano. Sua voz ainda parecia mais desaparecida ao estrugir dos aplausos. Lera, com simplicidade, pareceu-me que sem nenhuma ênfase. Pareceu-me que até com displicência. Mas o que dissera tinha eternidade.

Mais tarde, uma dessas moças decididas que entendem de revistas e fotografias, que não deixam escapar oportunidades e têm sempre êxito nos seus empreendimentos, colocou-me ao lado de Faulkner, para um retrato. Apenas nos cumprimentamos. Seus olhos vagos continuaram abertos para um outro mundo, e seu rosto tinha a mesma expressão de solidão lunar.

E não me lembro como nos despedimos, se nos despedimos... Nevava, em Denver. Quando agora penso em Faulkner, vejo-o muito longe, como uma pequena esfinge sob a neve que cai.

Um Livrinho e Muitas Saudades

ENTRO NUMA LIVRARIA, SEM ESTAR procurando livro nenhum (pelo menos, é o que suponho, uma vez que nos conhecemos tão pouco e ignoramos a razão de tantos dos nossos atos). Entro numa livraria como quem passeia pelo mundo do espírito, encontrando pelas prateleiras nomes antigos e modernos, saudando as velhas amizades, recordando tempos de estudar, tempos de sonhar, tempos de viver.

De repente, um livrinho chama por mim. Não chama apenas a minha atenção: chama, realmente, por mim: "Vem cá, me leva!", diz ele. E diz isso pelo desenho da capa, que é um desenho infantil com várias crianças, um burrinho e duas cobras. Tão graciosa é a capa que nem procuro saber o nome do livro nem o do autor. Basta-me contemplar o desenho. E, como não estou inclinada a comprar livros, sigo adiante. Mas a voz, uma pequena voz discreta, continua a pedir-me: "Venha cá! Me leva!"

Passo pelos velhos clássicos, encontro-me com os românticos, topo com os contemporâneos... E a pequena voz a chamar-me "Vem cá!"...

Volto atrás. Tenho de levar aquele livro. Tomo-o nas mãos, abro-o, leio duas ou três passagens. É uma história verdadeira, a infância de um negrinho, na África Francesa. Venho com o livro como se trouxesse o menino pela mão, e ele me contasse suas lembranças com a simplicidade de um pequeno amigo.

Ora, essas lembranças são todas saudades. Camara Laye, que escreve em francês, decerto ignora essa palavra intraduzível: mas o que ele nos transmite em seu delicioso livrinho, além de inúmeras e preciosas informações sobre a vida da sua cidade, os costumes do seu povo, e as suas curiosas experiências, é sobretudo uma sucessão de saudades.

É de saudades o seu sentimento ao perceber que já não estará, como seus pais, ligado a mistérios totêmicos, e que a sua vida será diferente, desligada dessas tradições, aproximando-se, pelo estudo, da vida dos europeus.

É de saudade a sua experiência da circuncisão, saudade da infância que fica para trás, quando os deveres da adolescência se aproximam.

É de saudade o instante em que se separa dos pais, da sua pequena cidade, do seu mundo cotidiano, para ingressar numa escola distante.

É de saudade sua aflição diante da morte de um amigo, e ao despedir-se da bela namorada. E são lágrimas de saudade que caem dos seus olhos na terra africana, quando parte para a França a fim de se aperfeiçoar nos seus estudos. Saudades. Saudades! Saudades...

E eis que agora as saudades são minhas: saudade da boa gente negra que conhecemos e amamos, que fez parte da nossa infância, que conservava o respeito metafísico do universo e possuía a dignidade de quem obedece a esses poderes altíssimos.

Saudade da boa gente negra que contava histórias, que ensinava a amar toda as criaturas de Deus, que possuía um dom de carinho, de doçura, uma riqueza de coração como a das mulheres de que este menino fala.
Saudade... ah! meu bom menino africano, como foi que tanta coisa se estragou, que tanta coisa se perdeu?...
A bela Maria perguntava-te em Dacar: "Estás contente de partir?" E tu dizias: "Não sei... Não creio..." Ela insistia: "Voltarás." E tu dizias que sim... que sim...
(Alguma coisa volta, neste mundo? Ah! se certas coisas pudessem voltar!)

Dona Júlia

O BELO ROSTO DE D. JÚLIA APARECE-ME, agora que se festeja o seu centenário, com a nitidez com que me apareceu, certa manhã de verão, na Rua do Ouvidor. Fazia muito calor, mas, na sua blusa branca, e com o seu claro sorriso, D. Júlia, com as têmperas úmidas, tinha uma frescura de flor orvalhada. Seus olhos possuíam uma inteligência tranqüila e penetrante: pareciam mais científicos do que artísticos. A Arte, porém, estava em sua figura harmoniosa, em seu gesto e em sua palavra, na sua elegância natural, de uma dignidade que os tristes dias de hoje não fazem, senão por amargo contraste, ressaltar.

 Aqueles olhos penetrantes de D. Júlia, que ora pareciam velados, ora cintilantes, já tinham pousado sobre muitas cenas da vida humana, sabiam muitas coisas da sua incoerência, da sua amargura, das suas inaptidões. E ela, então, escrevia sobre essas coisas com leveza e sabedoria, procurando — suponho — instruir sem aconselhar, consolar sem ferir, harmonizar sem entristecer. Sente-se isso em muitas de suas páginas: sente-se que não escreve apenas pelo prazer que isso lhe cause, nem pela fatalidade de pertencer a uma família de escritores, nem pela novidade de ser a nossa primeira romancista e, portanto, predestinada à glória que no seu centenário se celebra. Um pouco de tudo isso influiria no seu impulso criador; mas, anteriormente a tudo isso, há uma espécie de piedade, um desejo de fazer bem, uma necessidade de contribuir para um mundo melhor — que — ai de nós! — pertence muito mais à natureza dos educadores que à dos simples escritores.

Lembro-me de certo livro de leituras infantis em que colaborou. Nós, crianças, gostávamos de suas histórias e sem a conhecermos gostávamos também daquela que as escrevera. Por que celestial intuição já prevíamos que D. Júlia seria assim uma pessoa diferente, com uma finura e uma cordialidade que as suas simples páginas transmitiam: Na verdade, ninguém nos falara da autora, ninguém nos dissera nada a seu respeito; e, embora o livro fosse feito em colaboração, era no seu nome que nos fixávamos. E pensávamos com muito carinho em D. Júlia.

É agradável sentir-se que as impressões da infância, em sua pureza e naturalidade, não se desfazem ou desfiguram com o passar dos anos. Que os olhos críticos e já sem ilusões da idade madura não se decepcionam diante do seu antigo encantamento. E D. Júlia não desencantou nunca. Soube conservar, com sua fama de escritora, sua elegância natural de mulher culta e boa, dedicada e útil, conciliando em si, como na sua obra, a beleza e o bem. E é isso o que, agora, pelo seu centenário, se recorda, se celebra e se deve agradecer.

Estrela Breve

No domingo, Lúcia Machado de Almeida, decerto a maior amiga do pintor Guignard, dava-me notícias do artista, que eu já não via há tantos anos. Com a "Fundação Guignard" tinham acabado aquelas incertezas que afligiram o artista ao longo de sua existência. Era outro, agora, feliz e seguro de si. No domingo, recordávamos o bom Guignard, sonhador e cavalheiresco, infeliz fisicamente, infeliz sentimentalmente, infeliz de tantos modos, mas sempre conservando no coração uma chama romântica; esbanjando talento e vivendo por vezes na mais dura pobreza, como um menino metido na aventura da Arte, para quem as circunstâncias adversas perdem a amargura, pela esperança do que o sonho ascende ao longe.

No domingo, falava-se de um Guignard finalmente protegido em seu trabalho, dispondo de uma tranqüilidade nova para realizar sua obra de artista plenamente amadurecido. Recordávamos tempos de Belo Horizonte, tempos do Rio e de Ouro Preto, com o vulto de Guignard na paisagem, o olhar atento, o lápis atento, toda a sua pessoa livre de inquietudes, naquele instante em que o homem se tornava puramente artista. Sua alegria, após a realização de um quadro, era uma festa ruidosa, com muitos gestos, uma festa de adolescente que volta de uma descoberta.

    No domingo, o bom Guignard estava, para nós, em Ouro Preto, onde aguardava a terminação da sua casa, num recanto da encantadora cidade que tanto o seduzira. Com automóvel e motorista — o que lhe permitia dar aulas em Belo Horizonte —, fortalecido pelas novas condições de vida que a "Fundação Guignard" lhe assegurava, podia dedicar-se melhor que nunca ao trabalho, que, nos artistas, costuma ser uma paixão.

    No domingo, sorríamos de suas delicadas ingenuidades: agora, queria andar de chapéu, para saudar as senhoras com mais cortesia; e sonhava com uma grande festa, um dia, em estilo antigo, e para a qual desejava uma orquestra... de alaúdes! O bom Guignard!

    No domingo, refletíamos sobre o mistério da vida: um homem passa a maior parte da existência em sofrimento, abandono, miséria. De repente, brilha sobre ele uma nova estrela — e tudo muda.

    No domingo, despedimo-nos contentes, porque uma estrela bondosa viera iluminar o destino por tanto tempo melancólico do pintor Guignard.

    Na segunda-feira veio a notícia de que o grande pintor morrera. Ai, estrela breve!

    Ou talvez não. Talvez estrela com que sua alma brincará para sempre no amável cemitério de Ouro Preto, ou por onde quer que vão as estrelas e os pintores, no seu passeio sem fim.

Chuva com Lembranças

COMEÇAM A CAIR UNS PINGOS DE CHUVA. Tão leves e raros que nem as borboletas ainda perceberam, e continuam a pousar, às tontas, de jasmim em jasmim. As pedras estão muito quentes, e cada gota que cai logo se evapora. Os meninos olham para o céu cinzento, estendem a mão — vão fazer outra coisa. (Como desejariam pular em poças d'água! — Mas a chuva não vem...)
 Nas terras secas, tanta gente a esta hora está procurando, também, no céu um sinal de chuva! E nas terras inundadas, quanta gente estará suspirando por um raio de sol!
 Penso em chuvas de outrora: chuvas matinais, que molham cabelos soltos, que despencam as flores das cercas, que entram pelos cadernos escolares e vão apagar a caprichosa caligrafia dos exercícios!
 Chuvas de viagens: tempestade na Mantiqueira, quando nem os ponteiros do pára-brisa dão vencimento à água; quando apenas se vê, na noite, a paisagem súbita e fosfórea mostrada pelos relâmpagos. Catadupas despenhando sobre Veneza, misturando o céu e os canais numa água única, e transformando o Palácio dos Doges num barco mágico, onde se movem pelos tetos e paredes os deuses do paganismo e os santos cristãos. Chuva da Galiléia, salpicando as ruas pobres de Nazaré, regando os campos virentes, toldando o

Lago de Tiberíades, por onde andaram os Apóstolos. Chuva pontual sobre os belos campos semeados da França, e na fluida paisagem belga, por onde imensos cavalos sacodem, com displicente orgulho, a dourada crina...

Chuvas antigas, nesta cidade nossa, de eternas enchentes: a de 1811, que com o desabamento de uma parte do Morro do Castelo soterrou várias pessoas, arrastou pontes, destruiu caminhos e causou tal pânico em toda a cidade que durante sete dias as igrejas e capelas estiveram abertas, acesas, com os sacerdotes e o povo a pedirem a misericórdia divina. Uma, de 1864, que Vieira Fazenda descreve minuciosamente, com árvores arrancadas, janelas partidas, telhados pelos ares, desastres no mar, e "vinte mil lampiões de iluminação pública completamente inutilizados".

Chuvas modernas, sem trovoadas, sem igrejas em prece, mas com as ruas igualmente transformadas em rios, os barracos a escorregarem pelos morros; barreiras, pedras, telheiros a soterrarem pobre gente! Chuvas que interrompem estradas, estragam lavouras, deixam na miséria aqueles que justamente desejariam a boa rega do céu para a fecundidade de seus campos...

Por enquanto, caem apenas algumas gotas aqui e ali, que nem as borboletas percebem. Os meninos esperam em vão pelas poças d'água onde pulariam contentes. Tudo é apenas calor e céu cinzento, um céu de pedra onde os sábios e avisados tantas coisas liam, outrora...

"São Jerônimo, Santa Bárbara Virgem,
lá no céu está escrito, entre a cruz e a água
[benta:
Livrai-nos, Senhor, desta tormenta!"

Semana de Mário

TODOS FALAREMOS DE MÁRIO ESTA semana como se ele ainda estivesse ali em São Paulo e pela volta do correio nos mandasse um novo livro. Todos vamos repetir e confirmar a verdade daqueles seus versos:

"Eco, responda bem certo,
Meus amigos me amarão?
E o eco me responde: sim."

Se há uma coisa indiscutível em sua obra é a verdade desses três simples versos. Os amigos de Mário continuam a cultivar sua amizade, mesmo sem saberem por onde anda, em sua viagem transcendente, essa criatura que, acima de todos os valores, deixou-nos a saudade de sua riqueza humana.

Foi essa riqueza humana (essa capacidade de compreender e sentir) que fez de Mário um poeta, um músico, um folclorista. Esse desejo de participação, esse entusiasmo de viver não uma, não a sua, mas inúmeras vidas, levaram-no até esse desdobramento do Macunaíma, tão misturada ao Bem e ao Mal, tão entregue à experiência terrena e sem fim:
"Eu sou trezentos, sou trezentos e cinqüenta..." Bas-

ta ler os seus livros para se sentir o gosto com que ele os escrevia: gosto bem diferente do de um simples escritor; gosto do homem interessado pelo que viveu, ou sentiu em redor de si, e desejou fixar com palavras. Palavras suas, que ninguém deve tentar repetir ou imitar — o que seria dar um tom falso àquilo que ele para seu uso, para seu jeito, inventou, tão verdadeiro.

Na sua coleta de folclore, não é apenas um especialista que vemos prestar ouvido à melodia, captar a cantiga de texto ingênuo: é Mário mergulhando na música, impregnando-se de música, transformando-se em música e transmitindo-se com aquela voz, prisioneiro daquele encantamento de caçador deslumbrado que, por um momento esquecido de seu ofício, põe-se a correr também ao ritmo das vidas que palpitam na floresta, e ele mesmo é toda a floresta.

Seu vocabulário é uma conquista sua. É o seu prazer de fabricar ou descobrir novidades, formas, sons, acrobacias. Anda por um mundo diferente, como o primeiro habitante de lugares mágicos, e dispara suas flechas para muitos lados, e tem sempre alguma feliz captura.

Mas depois repousa. E como é "trezentos, trezentos e cinqüenta, e muito mais" — também lhe dá para ser clássico, e falar ao eco, do modo por que falavam os poetas dos séculos antigos. E o eco amável diz-lhe uma verdade grata decerto ao seu coração terno:

"Eco, responda bem certo,
Meus amigos me amarão?
E o eco me responde: sim."

O Grupo Fernando Pessoa

DIANTE DESTES JOVENS QUE compõem o Grupo Fernando Pessoa, fica-se como diante de uma estampa medieval. Falta-lhes cantar, é verdade: mas ali está a poesia dos recitadores, a guitarra que sugere a música dessa recitação, e a bailarina que descreve o seu arabesco de Musa e traz e leva consigo o espírito alado da Poesia.
 O que falta, na verdade, também, é o Trovador. Porque esse cumpriu o seu arabesco e, indo para mais longe que a bailarina, partiu para outros cenários, e faz parte de outras estampas.
 Que estes jovens se agrupassem para assim fazerem presente o Trovador partido, que lhe acordassem a voz — não fácil — dessas solidões ocultas, já seria motivo de admiração; porque hoje é natural dos jovens esquecerem prontamente, e a tendência dos tempos é a de serem não só volúveis, mas também superficiais. Mas o que assombra não é que venha esse Grupo a dizer em voz alta os poemas de Fernando Pessoa: é que por toda parte se manifeste o interesse de ouvi-los, e que os auditórios se detenham atentos, sensíveis à sua palavra, que nem sempre se imaginaria tão comunicável.
 Realmente, a palavra poética não possui sempre co-

municabilidade oral. O poema escrito é feito principalmente para ser lido. Mesmo as composições populares, quando se difundem oralmente, é por encontrarem o apoio musical que, evidentemente, modifica o tipo do espetáculo. Assim foi também na Idade Média, quando a poesia não era recitada, mas cantada. E por isso, porque o poema escrito exige um tempo de reflexão sobre a sua linguagem (que a fluência do recitador não permite ao ouvinte), os recitais de poesia geralmente incluem poemas de mais fácil acesso, que não exigem da platéia um estado de concentração maior nem dela esperam o êxtase necessário para a fruição da mensagem lírica.

Pois o Grupo Fernando Pessoa arriscou-se a essa tentativa: ter um repertório só do seu patrono isto é da mais poderosa e sutil inspiração poética de Portugal, no nosso século. Arriscou-se a dizer em voz alta o que antes se lia e se ouvia como em sonho. E o êxito dessa tentativa parece provar que, paradoxalmente, a genialidade é simples e compreensível. Que há uma espécie de magia na genialidade, que abre, de repente, um clarão, diante de si, deixando que a essa luz o espírito se revele. Nesse instante, a essa claridade, artista e auditório participam de um conhecimento maravilhoso e profundo. Pode ser que depois a "iluminação" desapareça: mas a Poesia terá cumprido uma de suas finalidades, nessa instantânea, ainda que efêmera penetração.

Visita a Carlos Drummond

OUVI FALAR NO SEU ANIVERSÁRIO — ontem ou hoje — e apresso-me em fazer-lhe uma visita. O caso ficará célebre nos anais da história literária, pelo menos, pois ambos gozamos da justa fama de avessos a esse gênero de esporte. Trata-se, porém, de uma visita diferente, invisível e pelo ar, maneira certa de encontrá-lo, dada a sua latifundiária ocupação de "Fazendeiro" do referido. Mas, além de visitá-lo por um meio tão sutil e inócuo, venho, na verdade, fazer-lhe uma visita retrospectiva. Assim como há pessoas que chegam com uma hora de atraso, em seus encontros, permito-me chegar com um atraso de quinhentos anos, o que é um pouco mais original e perdoável. E, sendo você o aniversariante e eu a visitante, é, ao mesmo tempo, como se não fôssemos o que somos, mas o que estávamos destinados a ser, quando os nossos antepassados trocavam seus cumprimentos, antes das aventuras da Ilha do Nanja e do Brasil.

Essas coisas, como você sabe, passavam-se numa ilha do Atlântico, na era do Infante D. Henrique e dos assuntos marítimos, e nós andávamos entre Afonsos e Gonçalos, Brancas e Beatrizes, familiares de Zarcos e Perestrelos, Eanes e Baldaias... Gente que conversava de mares desconhecidos, de terras misteriosas, de embarcações e instrumentos náuticos... E o seu parente estrangeiro, vindo da Escócia, associava-se ao gosto do ambiente, e éramos todos especialistas em Ilhas. (De onde nos ficou até hoje este sangue de solidão que nos torna prudentes nas visitas...)

Mas sendo esta visita que lhe faço muito no estilo de antigamente, e podendo eu chamar-me Solanda ou Genebra, Grimanesa ou Briolanja, deixe-me recordar-lhe, como um fato da semana passada, a peste que se espalhou naquela Ilha onde tudo ia prosperando, e que começou na casa de seus parentes, obrigando os grandes da terra a irem para outras ilhas, uns para as Canárias, outros para os Açores.

Na Ilha do Nanja, os nossos parentes devem ter mantido relações muito cordiais. Como não haviam, os meus, de deplorar que sua avó Catarina Afonso tivesse a casa reduzida a cinzas, certa manhã em que todos nos encontrávamos extasiados a ouvir a missa? (Um famoso incêndio, em que a baixela derretida se converteu em placas de prata...) Mas seus parentes foram levantar casa mais adiante, pois naquele tempo você ainda não era "Fazendeiro do Ar"...

Neste ponto da minha visita, Carlos, começo a transformar-me de tal modo em Solanda ou Grimanesa que até percebo os vultos e as falas dos nossos parentes a conversarem sobre desastres e esperanças. Talvez fosse por essa altura que os seus começassem a pensar no Brasil. Os meus ainda queriam a Ilha: a Ilha do Nanja, onde tudo pode acontecer, mas *Não-já*...

E assim nos dispersamos, como fantasmas, pelos séculos, pelos mares, e nos fomos transformando em Diogos e Margaridas, Matias e Bárbaras, e usando roupas diferentes e mudando de linguagem. Mas não pudemos deixar de continuar o que éramos e o que tínhamos sido — e que é isto que vamos sendo: com santos e trovadores de permeio — talvez algum bandido, também, para sermos não só antigos mas atuais... E até recordo que foi uma Grimanesa da sua geração que se casou com certo Afonso "extremado não somente no canto é voz e engenho, mas em todas as suas coisas..."

E por essa época, justamente, a sua avó Constança casou com um Sebastião Fernandes, neto dos Anes, e por pouco ainda vínhamos a ser primos.

Mesmo pelo ar, ó Carlos, a visita começa a ficar longa. Não me lembro como celebravam os seus aniversários, os nossos antepassados, gente fora do tempo, acostumada a lidar apenas com o eterno — o eterno em que, afinal, aqui nos encontramos. Brindo-o, pois, à maneira de hoje, de Ilha a Ilha, como num arquipélago amável, com cinco séculos de bons votos, não apenas meus — mas de todos os nossos amigos.

Portinari, o Trabalhador

DA ARTE E DA PESSOA DE PORTINARI falarão os amigos, os admiradores, os especialistas, com a proficiência que lhes conferem a amizade, a intimidade com o artista e o próprio ofício crítico. Mas de uma coisa todos, gregos e troianos, podemos dar testemunho: da capacidade de trabalho desse gigante da pintura; da sua irresistível dedicação ao labor artístico que foi o significado de sua vida e viria a ser a causa de sua morte. Creio que ninguém terá conversado com Portinari sem que a conversa não resvalasse para o seu trabalho, no passado, no presente ou no futuro. Ele informava, com os braços, das proporções do quadro: as mãos pintavam no ar, espalhando cores ou modelando contornos. Mesmo na desocupação, continuava a trabalhar, a misturar tintas, a olhar de longe, a aplicar mentalmente um certo toque, para obter um certo efeito. E às vezes tinha mesmo a gentileza de, com certa volúpia, quase gula — como quem provasse o gosto do material —, revelar certas particularidades de que o leigo não suspeita; pequenos segredos de *atelier*, qualidades de telas e cores, invenções técnicas, suas vitórias nas batalhas da criação.

Nestes tempos apressados que vamos vivendo, quem tem a paciência de esperar pela glória mergulhado até os olhos no trabalho, disciplina aparentemente inglória que a ela incertamente pode conduzir? Os angustiados de hoje talvez desejem comunicar sua genialidade — se é que o desejam — independentemente de qualquer demonstração. Como se bastasse, algum dia, que um candidato oferecesse a própria cabeça a alguma coroa, dizendo: "Coroai-me, pois devo, mereço, quero ser coroado. Não sabeis por que não dei prova nenhuma de valor ou virtude: mas asseguro-vos que sou a flor do talento e a humanidade deve curvar-se diante de mim. Colocai, pois, a coroa na minha cabeça!"

Por essa demasiada convicção íntima, que se recusa a demonstrações; por esse hábito de boêmia clássica e outras peculiaridades individuais, os artistas têm sofrido e continuam a sofrer da acusação de indisciplinados e inconstantes, um pouco irresponsáveis e um pouco vadios.

Ora, o verdadeiro artista é exatamente o contrário desse retrato tão divulgado quanto injusto. O verdadeiro artista é, antes de tudo, uma criatura fiel a uma vocação. Leva um tempo enorme para descobri-la; outro tempo enorme para aprender, corrigir-se, livrar-se das involuntárias imitações, das possíveis influências, das traiçoeiras imperfeições. Todo esse tempo luta com as circunstâncias, com os circunstantes, com as dificuldades financeiras, submetendo-se a duras provas até se afirmar na sua realização.

Esse é o grande exemplo que Portinari lega aos jovens, ao lado da grande obra que assinou. Exemplo de paciência, perseverança, teimosia, tenacidade incansável. Um trabalhador de sol a sol. É triste pensar que deixou de viver: que interrompeu o trabalho, que era sua paixão e a nossa alegria.

O Fim do Mundo

A PRIMEIRA VEZ QUE OUVI FALAR no fim do mundo, o mundo para mim não tinha nenhum sentido, ainda; de modo que não me interessavam nem o seu começo nem o seu fim. Lembro-me, porém, vagamente, de umas mulheres nervosas que choravam, meio desgrenhadas, e aludiam a um cometa que andava pelo céu, responsável pelo acontecimento que elas tanto temiam. Nada disso se entendia comigo: o mundo era delas, o cometa era para elas: nós, crianças, existíamos apenas para brincar com as flores da goiabeira e as cores do tapete. Mas, uma noite, levantaram-me da cama, enrolada num lençol e, estremunhada, levaram-me à janela para me apresentarem à força ao temível cometa. Aquilo que até então não me interessara nada, que nem vencia a preguiça dos meus olhos, pareceu-me, de repente, maravilhoso. Era um pavão branco, pousado no ar, por cima dos telhados? Era uma noiva, que caminhava pela noite, sozinha, ao encontro da sua festa? Gostei muito do cometa. Devia sempre haver um cometa no céu, como há lua, sol, estrelas. Por que as pessoas andavam tão apavoradas? A mim não me causava medo nenhum.

Ora, o cometa desapareceu, aqueles que choravam

enxugaram os olhos, o mundo não se acabou, talvez tenha ficado um pouco triste — mas que importância tem a tristeza das crianças? Passou-se muito tempo. Aprendi muitas coisas, entre as quais o suposto sentido do mundo. Não duvido de que o mundo tenha sentido. Deve ter mesmo muitos, inúmeros, pois em redor de mim as pessoas mais ilustres e sabedoras fazem cada coisa que bem se vê haver um sentido do mundo peculiar a cada um.

Dizem que o mundo termina em fevereiro próximo. Ninguém fala em cometa, e é pena, porque eu gostaria de tornar a ver um cometa, para verificar se a lembrança que conservo dessa imagem do céu é verdadeira ou inventada pelo sono dos meus olhos naquela noite já muito antiga.

O mundo vai acabar, e certamente saberemos qual era o seu verdadeiro sentido. Se valeu a pena que uns trabalhassem tanto e outros tão pouco. Por que fomos tão sinceros ou tão hipócritas, tão falsos ou tão leais. Por que pensamos tanto em nós mesmos ou só nos outros. Por que fizemos votos de pobreza ou assaltamos os cofres públicos — além dos particulares. Por que mentimos tanto, com palavras tão judiciosas. Tudo isso saberemos e muito mais do que cabe enumerar numa crônica.

Se o fim do mundo for mesmo em fevereiro, convém pensarmos desde já se utilizamos este dom de viver da maneira mais digna.

Em muitos pontos da terra há pessoas, neste momento, pedindo a Deus — dono de todos os mundos — que trate com benignidade as criaturas que se preparam para encerrar a sua carreira mortal. Há mesmo alguns místicos — segundo leio — que, na Índia, lançam flores ao fogo, um rito de adoração.

Enquanto isso, os planetas assumem os lugares que lhes competem, na ordem do universo, neste universo de enigmas a que estamos ligados e no qual por vezes nos arrogamos posições que não temos — insignificantes que somos, na tremenda grandiosidade total.

Ainda há uns dias para a reflexão e o arrependimento: por que não os utilizaremos? Se o fim do mundo não for em fevereiro, todos teremos fim, em qualquer mês...

A Lua de Li Po

HÁ MIL E DUZENTOS ANOS, MORRIA na China o poeta Li Po. Seu nome e o de Tu Fu resumem a glória da poesia chinesa no século VIII; e o próprio Tu Fu, que alguns consideram o maior dos dois, considerava-o, a ele, o maior de todos. Dizem que Li Po morreu afogado, tentando abraçar a lua. Se a versão não for historicamente verdadeira, tem, pelo menos, o valor de encerrar com um fecho poético uma existência que, de longe, parece flutuar como um véu entre as águas e o luar, mais atenta à beleza geral do universo que às vantagens particulares do mundo.

Todos conhecem o poema em que Li Po cria, na solidão, um grupo de três amigos: ele, a sua sombra e a lua. Ao contrário do que acontece com os amigos humanos, que se separam depois de beber, com a sua sombra e a lua o poeta se sentia numa união inseparável: "nossos encontros" — dizia — "são na Via-láctea".

Em quase todos os seus poemas, a lua aparece, clara e próxima, como se realmente fosse dois companheiros de mãos dadas, entre jardins e lagos, palácios, montanhas e rios. "O luar é como neve ao longo do muro da cidade..." "O arco da ponte parece a lua crescente..."

Nas águas do lago, a lua é embalada com a canção das flores e o poeta entristece, achando os remos de seu barco inoportunos:

> "O lago Nan-hu embala a lua de outono
> que se reflete na sua água verde.
>
> O ruído dos meus remos interrompeu
> o hino de amor
> que os nenúfares cantavam à lua."

A lua aparece-lhe no jardim juncado de flores de pessegueiro; a lua aparece-lhe nas ruínas dos palácios:

> "Hoje, a lua de Si-kiang é a única dançarina a bailar salas por onde deslizaram tantas mulheres formosas."

Li Po, que viveu algum tempo na Corte, onde o seu mérito era reconhecido, foi afastado por intrigas, e houve, certamente, melancolia em sua vida. Mas o vinho e a lua dissipavam-lhe as amarguras:

> "Já que a vida é ilusória como um sonho,
> Por que nos atormentaremos?
> Prefiro beber até cair."

Foi o que ontem fiz.

> Ao acordar, olhei em redor.
> Um pássaro gorjeava entre as flores.

Roguei-lhe me informasse
sobre a estação do ano
e ele me respondeu
que estávamos na época em que a primavera
faz cantar os pássaros.

Como eu já me ia enternecendo,
recomecei a beber,
cantei até a lua chegar

e do novo tornei a perder a noção das coisas.

Semana Santa em Ouro Preto

NESTA ÉPOCA DO ANO, OURO PRETO reveste-se de uma glória única no Brasil: a celebração da Semana Santa, com os grandes atos litúrgicos nas igrejas e as suas procissões quase tão famosas como as de Sevilha e Oberammergau. O cenário da cidade, com suas ladeiras, suas casas antigas, suas fontes; a voz do riacho a passar pelas pedras; os lugares históricos, as lendas e tradições que ainda perduram — tudo concorre para tornar mais impressionantes as cenas e espetáculos religiosos que então se desenrolam.

Nas grandes cidades modernas, inquietas e hostis, não há essa pausa, esse silêncio tão favorável às vozes do Evangelho. A multidão apressada, torturada por problemas materiais inadiáveis, não dispõe do sossego de alma, nem mesmo de corpo, para parar, pensar, sentir.

Nas pequenas cidades, ao contrário, há um tempo disponível, que é a riqueza e a poesia dos simples e pobres. As velhinhas que vão encontrar Nossa Senhora levando-lhe lágrimas nos olhos; os rapazes e moças que desfilam nas procissões, subindo e descendo ladeiras sem fim; as crianças que se incorporam às celebrações com asas e diademas de anjos pertencem a um mundo suave do espírito que cada um pode percorrer interiormente do mesmo modo que a muldidão percorre, vagarosa e contrita, os complicados caminhos de Ouro Preto.

Vejo daqui os meus amigos nas suas sacadas, nas janelas, nas portas — aqueles que por qualquer motivo não podem sair atrás dos andores revivendo em seu corpo e em sua alma os acontecimentos do Gólgota. Por outro lado, vejo os caminhos de Jerusalém; a modestíssima e ingênua Nazaré, encravada em ladeiras e vegetação; a paisagem de Tiberíades, com o lago sereno da pesca milagrosa.

Há uma correspondência entre aqueles velhos lugares do Evangelho e os de Ouro Preto. Lá, tudo é mais solitário, mais vasto, mais fora de alcance das horas. Mas Ouro Preto adquire, na Semana Santa, o mesmo ar de sonho, um sossego sobre-humano, ao mesmo tempo humilde e grandioso, dentro do qual se pode, na verdade, pensar em Deus.

O som dos sinos, que as grandes cidades encobrem, adquire então uma eloqüência patética; a grande lua sobe como o rosto eterno da noite, um rosto universal, puro e luminoso, pairando sobre o mistério e a tragédia; as criancinhas de colo abrem, no ombro das mães, seus olhos já pesados de assombro; e mesmo os animais, o cão anônimo e o diligente burrinho, parecem calados e respeitosos diante do que está acontecendo.

Nós sabemos que, sobre essas horas lutuosas, virá depois a procissão dourada da Páscoa; e a cidade dolorida se encherá das alegrias da Ressurreição. Sobre a derrota da terra, contamos com as vitórias do céu. Por uma semana, Ouro Preto oferece-nos a oportunidade de vivermos intensamente em Fé e Esperança. De sentirmos a Felicidade da alma que o mundo dia a dia nos rouba.

Ovos de Páscoa

AS CRIANÇAS PASSARAM ESTES DIAS ocupadas com os Ovos de Páscoa, que, segundo me dizem, agora não são mais postos pelas galinhas, mas pelos coelhos, o que, dada a originalidade dos tempos, não nos deve causar nenhuma estranheza. Assim, coelhos invisíveis, de diferentes tamanhos, andaram pela cidade, de loja em loja, fazendo seus ninhos e neles depositando ovos pequeninos como bolas de gude e grandes como terrinas de sopa. Ovos caprichosos: de chocolate, de açúcar, de metal, de louça... Ovos maciços de doce, e ovos ocos, trazendo dentro não a gema vulgar dos ovos antigos, mas bombons, tesourinhas, anéis, bonequinhos de matéria plástica, enfim milhares de coisas que ninguém jamais esperaria encontrar dentro de um ovo.

Não se sabe bem por que os ovos apareceram nos festejos de Páscoa; mas, coincidindo a Páscoa, no seu lugar de origem, com a entrada da primavera, e sendo a primavera uma época de renascimento, é justo que o ovo lhe servisse de símbolo adequado. Também se diz que ele pode ter aparecido como para celebrar o fim da abstinência da Quaresma. E para os cristãos antigos, o ovo, com seu germe de vida, serviria para representar a Ressurreição de Cristo.

Os ovos festivos da Páscoa aparecem sob mil fantasias mais ou menos artísticas. Em tempos mais vagarosos, podiam ser gentilmente pintados a mão; hoje, embrulham-se em papel celofane, sob um dilúvio de laços de fita. Estes já são todos de açúcar ou chocolate, mas ainda há quem esvazie ovos de galinha cuidadosamente e os encha de doce, por um orifício invisível, conservando-lhe apenas a casca natural.

Há uma notícia de um catalão transmitida pelo grande Fréderic Mistral, acerca dos ovos de Páscoa por ele encontrados à venda em Jerusalém, e que se apresentavam, como acontece em outros lugares do mundo, pintados de vermelho. Lembrou-se o catalão de perguntar por que tingiam dessa cor os ovos, na Páscoa, e responderam-lhe com esta pequena história: Certa vez, um grupo de crianças, armadas de ovos, investiu contra Jesus, que passava. Mas, quando os iam atirar sobre Ele, viram que os ovos se tinham tornado vermelhos...

Histórias são histórias, e o mundo maravilhoso é mais belo que o mundo chamado real. As crianças de hoje acreditam que os coelhos põem ovos de chocolate; e se os coelhos ainda não são considerados ovíparos, os ovos de chocolate também não são ovos de verdade, fica uma coisa pela outra, e todos se sentem felizes.

Que os ovos dirigidos contra Jesus se tornassem vermelhos não é nada impossível, nem no plano material, nem no sobrenatural, nem no sentimental: Há muitos modos de ver as coisas. Costuma-se distinguir entre a fábula e a verdade. Mas não será a fábula a verdade mais verdadeira?

Do Diário do Imperador

ACABO DE LER O DIÁRIO DO IMPERADOR D. Pedro II, escrito exatamente há um século. Por essas pequenas anotações, pode-se acompanhar um ano da sua vida, amostra suficiente das dificuldades com que o Brasil tem lutado sempre para entrar no bom caminho, para melancolia e desânimo de seus mais devotados servidores.

Assim mesmo se exprimia o Imperador: "Muitas coisas me desgostam; mas não posso logo remediá-las e isso aflige-me profundamente. Se ao menos eu pudesse fazer constar geralmente como penso! Mas para quê — se tão poucos acreditariam nos embaraços que encontro para que eu faça o que julgo acertado! Há muita falta de zelo, e o amor da pátria só é uma palavra — para a maior parte!"

A respeito de certo boato que se espalhara, comenta, com desgosto: "Tudo inventam; e triste política é a que vive de semelhantes embustes quando tantos meios honestos havia de fazer oposição; mas para isso é necessário estudar as necessidades da Nação — e onde está o zelo?"

(A palavra ZELO ocorre numerosas vezes neste diário: é essa "dedicação ardente", essa "diligência", que o Imperador não encontra na maior parte dos que, no entanto, por função, estão encarregados dos problemas nacionais. E isso lhe causa sofrimento.) Os moços de hoje deviam ler estas palavras, e entendê-las: "Na educação da mocidade é que sobretudo confio para regeneração da pátria. Gritam que se não pode chegar ao poder senão fazendo oposição como a fazem; mas, quando no poder, não sofrem do mal que fomentaram? A imprensa é inteiramente livre, como julgo deva ser, e na Câmara e no Senado a oposição tem representantes; mas que fazem estes pela maior parte?"

Os homens públicos deviam também meditar sobre esta passagem: "...Mas tudo custa a fazer em nossa terra e a instabilidade de ministério não dá tempo aos ministros para iniciarem, depois do necessário estudo, as medidas mais urgentes. É preciso trabalhar, e vejo que não se fala quase senão em política, que é, as mais das vezes, guerra entre interesses individuais."

Há neste pequeno diário, de um ano e cinco dias, variadas observações sobre Agricultura, Teatro, Ciência, Educação; impressões de visitas a diferentes estabelecimentos educacionais e industriais; breves apontamentos sobre ministros e personalidades do tempo. Terminada a leitura, parece-nos que estamos na mesma, que o século não passou; apenas as pessoas mudaram de nome. Tanto vagar para as coisas mais urgentes! Tantas lutas mesquinhas em todos os bastidores! Tantas rivalidades, invejas, palavras capciosas, intriguinhas sórdidas! E o Imperador, há cem anos, escrevendo: "A falta de zelo; a falta de sentimento do dever é nosso primeiro defeito moral. Forçoso é, contudo, aceitar suas conseqüências, procurando, aliás, destruir esse mal que nos vai tornando tão fracos."

D. Pedro II deixou fama de sabedoria, e comparando-se as modestas (mas importantíssimas) observações de seu diário com a verborragia demagógica de que ainda somos vítimas, e dos males que a acompanham, compreende-se que muita gente desesperada até pense em tornar-se monarquista.

Mas convém não esquecer estas palavras do próprio Imperador: "Nasci para consagrar-me às letras e às ciências; e, a ocupar posição política, preferiria a de presidente da República ou ministro à de imperador."

Sejamos, pois, republicanos, democratas, estudiosos, honestos, justiceiros, e cultivemos o ZELO de bem servir à pátria, aos homens, às instituições. Neste particular, estamos com um século de atraso.

Eclipse Lunar

ONDE ESTÃO OS POETAS PARA CANTAREM agora a lua? Quem ousará falar de sua face argêntea ("Ó luas das magnólias e dos lírios, /Geleira sideral entre as geleiras!...")? Quem a tratará como rosa branca do parque celeste ("O perfume da lua encontrou-me dentro da alma...") — e sentirá sua distância e seu desinteresse, no céu que habita, longe de nós ("lua das noites pálidas, alheia /Ao sofrimento humano, segues no alto...")? Quem lhe atribuirá sentimentos parecidos com os nossos: ...a lua, ardente e terna, "Verte na solidão sombria /A sua imensa, a sua eterna/ Melancolia..."?

Agora vamos ficando tão técnicos e científicos que a lua só nos pode interessar através de poderosas lentes, ou como objetivo de viagem próxima. Com a naturalidade de grande navegador, disse-nos um dia Gago Coutinho: "A lua, qualquer dia, vai ser apenas um subúrbio da terra..."

No entanto, ficaram sobre ela muitos e muitos olhos de artistas e namorados, olhos de lágrimas, olhos de felicidade, que a amaram, que a cantaram, que à sua luz viveram os mais delicados momentos de sua vida.

Viram-na arrastar seus vestidos de seda pelas águas

dos rios; abriram-lhe as janelas para que participasse de cenas de alegrias; do convívio de amigos; de êxtase de amor. Tomaram-na por testemunha de juramentos sentimentais, fizeram-na participar de seus sonhos breves, como numa tentativa de — por ação mágica! — torná-los eternos, à luz da sua imaginária eternidade.

Pois ali está, no meio da noite, a lua. É mesmo um rosto pálido de mulher misteriosa, aquela mulher que tribos antigas acreditavam entregue a paixões ardentes, que constantemente a emagreciam fazendo-a, por fim, desaparecer, consumida por suas próprias loucuras.

Pois ali está, no meio da noite, a lua. É mesmo um lago de prata, com vagas sombras cinzentas — sombras de árvores, de barcos, de aves aquáticas... O céu está muito límpido, e é puro o brilho das estrelas. Mas em breve se produzirá o eclipse.

E então, pouco a pouco, o luminoso contorno vai sendo perturbado pela escuridão. A Terra, esta nossa misteriosa morada, vai projetando sua forma naquele redondo espelho. Muito lentamente sobe a mancha negra sobre aquela cintilante claridade. É mesmo um dragão de trevas que vai calmamente bebendo aquela água tão clara; devorando, pétala por pétala, aquela flor tranqüila.

E o globo da lua, num dado momento, parece roxo, sangüíneo, como um vaso de sangue. Que singular metamorfose e que triste símbolo! Ali vemos a Terra, melancolicamente reproduzida na apagada limpidez da lua. Ali estamos, com estas lutas, estes males, ambições, cóleras, sangue. Ali estamos projetados! E poderíamos pensar, um momento, na sombra amarga que somos. Sombra imensa. Mancha sangüínea. (Por que insistimos em ser assim?)

Ah — mas o eclipse passa. Recupera-se a lua, mais brilhante do que nunca. Parece até purificada.

(Brilharemos um dia também com o maior brilho? Perderemos para sempre este peso de treva?)

Saudades dos Trovões

PENSEI QUE ERA TROVOADA E PRESTEI ATENÇÃO. Mas enganei-me: não há mais trovoadas aqui. Para ouvi-las, é preciso ir muito longe, subir montanhas, romper florestas, viajar talvez por terras estrangeiras... Por onde terão ficado os tímidos viventes que, ao estrondo dos céus, murmuravam humildes:

> "São Jerônimo, Santa Bárbara Virgem,
> lá no céu está escrito,
> entre a cruz e a água benta:
> Livrai-nos, Senhor, desta tormenta!"

Ah! são outros os tempos, agora. Agora, os homens giram em redor da Terra, acima das trovoadas, e não encontram nada escrito em seu caminho. Os viventes tímidos que ainda restam são apenas os pobres bichos, que se encolhem nos beirais, nas frondes, nas tocas, sempre que a Natureza perde o seu equilíbrio de maternal protetora.

Quando nas escolas se contava a história do Caramuru, e o episódio da sua prodigiosa espingarda, as crianças imaginativas inclinavam seus sonhos para a estranha figura do Diogo Álvares. "Dragão saído do mar" era grande coisa, comparado a "filho do trovão". Ele caía do céu como um anjo rebelde e ruidoso, empunhando o fogo dos raios, para assombro do tapuia e inesperado destino da Paraguaçu. Mas isto também já são histórias de outros tempos, que até se contam de outras maneiras. Mesmo se o Anjo Ramiel, que parece ter sido o primeiro filho do trovão, e muito mais poderoso, descesse agora à Terra, não causaria grande admiração, pois todos acham muito mais importante essa proeza se realizada pelos cosmonautas. Numa cidade moderna, tudo tende para o artificial. O Reino da Natureza já não se vê nem em pintura. Árvores, bichos, água, céu, tudo desapareceu: vive-se de neurastenia apenas. O próprio mar, tão freqüentado, é um vasto balneário sem mais nada com Netuno, Ulisses, Sereias, navegações...

O homem, bicho arrogante que metia a cabeça embaixo de um travesseiro, no tempo dos trovões, tornou-se agora auto-suficiente e interplanetário. Já não roncam os trovões, mas os homens e os anjos, nas suas varandas, devem estar ouvindo, intrigados.

Pois eu queria um trovão, um trovão redondo, barroco, enrolado nas nuvens, cheias de raios e chuvas. Um trovão de tempos antigos, como os de Júpiter e Moisés, que levantasse sua voz num instante lívido, na noite fosforescente. Um trovão destes que se ouvem numa cidade inteira: uma voz sobre-humana, perto da qual desmaiam todos os discursos...

Foi por isso que prestei atenção, que olhei para o céu e esperei. Mas não era trovoada. E desejei sair como um andarilho por este mundo triste, à procura de um trovão autêntico, além destes horizontes, destas árvores, destas pedras... Ah, por onde andarão os trovões, escondidos dos homens?

Tarde de Sábado

A TARDEZINHA DE SÁBADO, UM POUCO cinzenta, um pouco fria, parece não possuir nada de muito particular para ninguém. Os automóveis deslizam; as pessoas entram e saem dos cinemas; os namorados conversam por aqui e por ali; os bares funcionam ativamente, numa fabulosa produção de sanduíches e cachorros-quentes. Apesar da fresquidão, as mocinhas trazem nos pés sandálias douradas, enquanto agasalham a cabeça em echarpes de muitas voltas.

Tudo isso é rotina. Há um certo ar de monotonia por toda parte. O bondinho do Pão de Açúcar lá vai cumprindo o seu destino turístico, e moços bem falantes explicam, de lápis na mão, em seus escritórios coloridos e envidraçados, apartamentos que vão ser construídos em poucos meses, com tantos andares, vista para todos os lados, vestíbulos de mármore, tanto de entrada, mais tantas prestações, sem reajustamento — o melhor emprego de capital jamais oferecido!

Em alguma ruazinha simpática, com árvores e sossego, ainda há crianças deslumbradas a comerem aquele algodão de açúcar que de repente coloca na paisagem carioca uma pincelada oriental. E há os avós de olhos filosóficos, a conduzirem pela mão a netinha que ensaia os primeiros passeios, como uma bailarina principiante a equilibrar-se nas pontas dos sapatinhos brancos.

Andam barquinhos pela baía, com um raio de sol a brilhar nas velas; há uns pescadores carregados de linhas, samburás, caniços, muito compenetrados da sua perícia; há famílias inteiras que não se sabe de onde vêm nem se pode imaginar para onde vão, e que ocupam muito lugar na calçada, com a boca cheia de coisas que devem ser balas, caramelos, pipocas, que passam de uma bochecha para a outra e lhes devem causar uma delícia infinita.

Depois aparecem muitas pessoas bem vestidas, cavalheiros com sapatos reluzentes, senhoras com roupas de renda e chapéus imensos que a brisa da tarde procura docemente arrebatar. Há risos, pulseiras que brilham, anéis que faíscam, muita alegria: pois não há mesmo nada mais divertido que uma pessoa toda coberta de sedas, plumas e flores, a lutar com o vento maroto, irreverente e pagão.

E depois são as belas igrejas acesas, todas ornamentadas, atapetadas, como jardins brancos de grandes ramos floridos.

Por uma rua transversal, está chegando um carro. E dentro dele vem a noiva, que não se pode ver, pois está coberta de cascatas de véus, como se viajasse dentro da Via-láctea. Todos param e olham, inutilmente. Ela é a misteriosa dona dessa tardezinha de sábado, que parecia simples, apenas um pouco cinzenta, um pouco fria. É a moça que vem, com a alma cheia de interrogações, para transformar seus dias de menina e adolescente, despreocupados e livres, em dias compactos de deveres e responsabilidades. É uma transição de tempos, de mundos. Mas os convidados a esperam felizes, e ela não terá que pensar nisso. Ela mal se lembra que é sábado, que é o dia de seu casamento, que há padrinhos e convidados. E quando a cerimônia chegar ao apogeu, talvez nem se lembre de quem é: separada dos acontecimentos da terra, subitamente incorporada ao giro do Universo.

Aberrações do Número

NÃO SE PRECISA SER UM MATUSALÉM para saber que houve um tempo em que nesta heróica e leal cidade todos nos conhecíamos. Dizíamos adeusinho uns para os outros, de calçada para calçada; às vezes até recomendávamos com muito carinho: "Vá pela sombra! Deus o acompanhe! Vá devagarinho: olhe que devagar se vai ao longe! Quem corre cansa, quem espera sempre alcança!..." Como era bonito o Rio, naquele tempo! Até parecia a Ilha do Nanja! Creio, sim, que todos se conheciam naquele tempo: de modo que já se sabia quem era ladrão ou bêbedo. E não havia outros defeitos, além desses. Falava-se de "ladrão de casaca", um tipo de fazer sonhar as crianças, de se incorporar ao Folclore ou à Mitologia, ao lado de Mefistófeles, Barba Azul, o Saci-Pererê... enfim, entidades simbólicas mas inverossímeis. (Algum dos senhores já avistou um ladrão de casaca?) Todos se conheciam e tomavam as devidas precauções, como em geral se faz, quando se conhece alguém. Mas hoje?... Como vamos conhecer todos os nossos concidadãos? São filas e filas...
— para o bonde, para o ônibus, para o refresco, para os remédios, para o cinema, para o circo e então para o teatro nem se fala: desde que se pôs em circulação o amável

convite: "Vamos ao teatro?" São tudo convites circulando: "Vamos à praia? Vamos bater um papo? Vamos receber dinheiro? Vamos fazer um abaixo-assinado? Vamos fazer greve? Vamos caçar papagaios?" E são milhares, milhões de vultos seguindo o seu destino para atender a cada convite — às vezes a todos — já que somos o povo mais amável do planeta e capazes de sacrifícios jamais descritos.

Apenas, sendo tantos, tantos, já não podemos utilizar aquelas expressões deliciosas de outrora: "Vá com Deus! Não caia do bonde! Olhe sempre para a frente! Não se esqueça de dizer "Muito obrigado"!" — Por isso é que essas coisas não se ouvem mais!

Oh! esta querida cidade!... Como cresceu de repente! Como tudo se multiplicou? Tudo? Não, nem tudo. Como ficamos sendo tantos, pela aberração do número, tudo começou a faltar, nessa divisão fatal a que fomos submetidos. Podia-se ter o prazer de ouvir uma torneira aberta no tanque do jardim ir cantando seus acalantos, muito ao gosto de Debussy. Isto agora seria um pecado, diante de Deus, um crime, diante dos homens: e só não acontece mesmo não por ser pecado nem crime, mas porque a água ainda não dá para músicas...

Uma pessoa dizia uma graça, antigamente, e aquilo ficava no arquivo da família: havia uma risada garantida para todos os seus descendentes. Uma risada particular, privativa, assinada, com certos direitos autorais. Hoje, que somos todos tão inteligentes, tão engraçados, que dizemos coisas tão sensacionais, ninguém dá importância à nossa verve. Nem mesmo à verve profissional, que é tão boa ou melhor que a estrangeira, como a maioria dos nossos produtos...

ESCOLHA O SEU SONHO

São as aberrações do número! É a nossa inflação... Eu cheguei a ouvir todas as bênçãos e agradecimentos por uma esmola de *vintém*! Se os senhores hoje derem uma esmola de quinhentos cruzeiros alguém faz caso? Alguém pede que Deus lhes aumente? Alguém chama o mesmo Deus, Nossa Senhora, Santo Antônio, os anjos, arcanjos, querubins e serafins para que os protejam na vida e na morte? Não — porque esmola não é coisa que se dê: todos querem ser funcionários do Governo! (Mas em recesso remunerado...)

Este Senhor Murilo Miranda

HÁ DOIS ANOS, MURILO MIRANDA convocou vários amigos, e ao contrário do que se supõe que com os amigos se deva fazer, convidou-os para trabalhar. Não um trabalho qualquer, desses trabalhinhos folgados, que levam meses para serem elaborados e, depois de prontos, ocupam uma frestazinha do tempo... Não um desses trabalhos de equipe, em que cada um faz um pedacinho, e depois todos ficam felizes por vários meses ou mesmo anos.

Murilo Miranda foi pedindo a cada um "mais do que permitia a força humana": ele queria fazer chegar ao povo o melhor que a cultura de cada um pudesse dar. Apresentou programas, inspirou programas, pediu programas. Até hoje, todos estamos inventando programas, descobrindo maneiras de distribuir música, literatura, notícias, informações, experiências, cursos por esses caminhos invisíveis que vão de uma estação emissora aos seus ouvintes. (Nem queríamos acreditar que existissem ouvintes para essa espécie de programas.) Espíritos maus baixavam em turba para nos desiludirem: que rádio não é isso, que rádio é distração, brincadeira, cantiga e música ao alcance de todos, passatempo — e anúncio bonito.

Lutando, pois, contra os Espíritos maus, continuamos a procurar o melhor para oferecer ao povo, na esperança de que essa palavra *povo* não significasse o que muitos pensam ou dizem, mas sim o conjunto das forças vivas que formam a própria nação. Ora, os Espíritos maus foram derrotados, suponho, pois aquilo que parecia impossível aconteceu: e até pessoas que nunca se tinham detido a ouvir programas de rádio começaram a prestar atenção, a intervir, a indagar, a sugerir. Murilo Miranda tinha acertado. É verdade que os seus colaboradores se matam, por este tirano: mas estimam essa tirania, por estarem convencidos da sua utilidade.

Murilo Miranda já chegou àquele ponto em que as pessoas se transformam em mito. "É um homem que anda voando de país em país...", disseram-me. E não consegui provar que era um homem sentado diante de uma mesa com um telefone. Disseram-me que mudava de nome, constantemente. Que Murilo Miranda era um dos seus inúmeros pseudônimos! (Não se pode trabalhar, neste país!)

Pois é esse mítico Sr. Murilo Miranda que há dois anos arrancou os poetas e artistas aos seus versos e instrumentos, chamou os professores das suas cátedras, acrescentou afazeres a todos os que já trabalhavam, fez do relógio, para todos nós, uma coroa de martírio... oferecendo-nos em troca a esperança de contribuirmos para a cultura e o progresso do Brasil, como diz o hino de Manuel Bandeira, transcrevendo o pensamento de Roquette Pinto.

Depois de dois anos de trabalhos, devíamos todos estar desesperados. Mas estamos felizes. E saudamos este Sr. Murilo Miranda, pelo exemplo que é, de chefe tão exemplar que já se tornou mito.

O Sino e o Sono

PARECEU-ME OUVIR UM SINO BATER: consultei o relógio. Uma hora da madrugada! Para quem quer sair do hotel, aí pelas sete horas, é preciso aproveitar o tempo e dormir bem. (Eu tenho uma amiga que sempre verifica de que são feitos os colchões dos hotéis. Penso nisto porque este não me parece muito cômodo.)
 A noite me infunde um sentimento de infinita humildade: entre as outras orações, cada um de nós podia dizer ainda: "Deus, recebe-me em Teus braços, toma conta de mim, sou, na Tua vontade, como um pássaro caído no mar!" Mas é curioso: neste quarto de hotel, essas palavras e esses sentimentos não produzem aquele efeito de aconchego e ternura que parecem palpáveis no ambiente da minha casa! Até as paredes são diferentes em sensibilidade — penso. E fecho os olhos pensando.
 (É verdade que eu não uso travesseiro. Mas seria difícil usar travesseiros como estes. De que serão feitos? Aquela minha amiga examina os travesseiros, também.)
 O sino torna a bater. Ah! estamos perto de um relógio que marca todos os quartos de hora! Meu Deus, como o tempo voa! É preciso dormir antes que seja uma hora e meia...

(Mas esta cama acaba logo ali... Se eu medisse um metro e oitenta, não me seria possível ocupá-la! Que coisa estranha: no infinito da noite e do sono, este limite de madeira, ameaçador! Mas uma noite passa depressa, não tem importância. No entanto, como é difícil descansar assim!)
(Novamente o sino bate: uma hora e meia!)
Recordo vários métodos de conciliar o sono. Deixar o corpo solto como um vestido abandonado. Ir pensando em coisas cada vez mais distantes: a rua, a cidade, a estrada, o país, o Mundo, o espaço, a eternidade...
(Mas o sino bate uma hora e quarenta e cinco minutos!)
Continuo a recordar. Como se dorme mais facilmente? Sobre o lado direito ou o esquerdo? Ah, onde foi que eu li que é bom pensar nas pontas dos pés, para desviar a circulação etc... etc.? E quem disse que é bom tomar um copo de leite morno com bolachas, ao deitar, para o sono vir mais depressa?
(O sino bate duas horas.)
Duas horas! Agora dormirei com certeza. Já estou cansada de lutar com o comprimento da cama, com os pensamentos sobre a arte de dormir... Fechai-vos, olhos meus, e esqueçamos tudo...
(Ah, mas o sino bate duas e um quarto!)
Que idéia, construir-se um hotel em cima de um sino! E este sino onde fica? Abro a janela para ver. O sino está na minha frente. É um gigantesco relógio, que me fita com todos os seus números e ponteiros. Belo de ver. Belo de ouvir, também. Mas...
(E são duas e meia...)

E não há nada a fazer, o sino vai batendo de quarto em quarto, de hora em hora, todas as horas da noite... três, quatro, cinco...

Talvez Olavo Bilac tenha pousado por aqui, alguma vez, e, desistindo de dormir, tenha tomado de um papel, e começado a escrever:

"No ar sossegado um sino canta,
Um sino canta no ar sombrio..."

É quase sempre assim: sobre uma adversidade, abre-se a flor da poesia. O som da poesia. Um sino muito alto, no meio da noite, no meio do sono...

Compensação

HOJE EU QUERIA APENAS ABRIR UM álbum antigo de fotografias, onde não houvesse gente de olhos duros e mãos aduncas. Onde umas boas senhoras pousassem no papel com delicadeza, não para sobreviverem eternamente, mas para mandarem seus retratos às amigas com finas letras de "sincera afeição". Um álbum onde aparecessem uns bons velhotes que não faziam negociatas, que não sabiam multiplicar dinheiro, que usavam roupas desajeitadas, sofriam de reumatismo, liam Virgílio e Horácio, e não tinham medo dos fantasmas do porão. De lá de dentro de seus retratos essas sombras estariam dizendo: "Meus filhos, nada disso vale a pena..." (E saberíamos que falavam de parentes sôfregos, ávidos de partilhas, uns querendo herdar as terras do morro; outros, a mata; outros, a várzea — todos vivendo já do testamento, antes mesmo da extrema-unção...) Hoje eu queria ficar folheando este álbum, onde não desejaria encontrar aqueles herdeiros.

 Hoje eu queria ler uns livros que não falam de gente, mas só de bichos, de plantas, de pedras: um livro que me levasse por essas solidões da Natureza, sem vozes humanas, sem discursos, boatos, mentiras, calúnias, falsidades, elogios, celebrações...

ESCOLHA O SEU SONHO

Hoje eu queria apenas ver uma flor abrir-se, desmanchar-se, viver sua existência, autêntica, integral, do nascimento à morte, muito breve, sem borboletas nem abelhas de permeio. Uma existência total, no seu mistério. (E antes da flor? — Não sei.) (E depois da flor? — Não sei.) Esta ignorância humana. Este silêncio do universo. A sabedoria.

Hoje eu queria estar entre as nuvens, na velocidade das nuvens, na sua fragilidade, na sua docilidade de serem e deixarem de ser. Livremente. Sem interesse próprio. Confiante. À mercê da vida. Sem nenhum sonho de durarem um pouco mais, de ficarem no céu até o ano 2000, de terem emprego público, férias, abono de Natal, montepio, prêmio de loteria, discurso à beira do túmulo, nome em placa de rua, busto no jardim... (Ó nuvens prodigiosas, criaturas efêmeras que estais tão alto e não pretendeis nada, e sois capazes de obscurecer o sol e de fazer frutificar a terra, e não tendes vaidade nenhuma nem apego a esses acasos!) Hoje eu queria andar lá em cima nas nuvens, com as nuvens, pelas nuvens, para as nuvens...

Hoje eu queria estar no deserto amarelo, sem beduíno, camelo ou rebanho de cabras: no puro deserto amarelo onde só reina o vento grandioso que leva tudo, que não precisa nem de água, nem de areia, nem de flor, nem de pedra, nem de gente. O vento solitário que vai para longe de mãos vazias.

Hoje eu queria ser esse vento.

Que É do Sorriso?

CHEGOU O AMIGO ESTRANGEIRO, ANDOU pela cidade, tomou bondes, lotações, fez compras, visitou repartições públicas, ouviu dizer por toda parte: "Vamos ao teatro? Vamos ao teatro?" — e foi também ao teatro. Enfim, portou-se mais do que como bom turista: como bom amigo desta cidade que ele admira e ama. Depois, perguntou-me, com extrema delicadeza: "Que é do sorriso que vocês tinham antigamente? Que é do sorriso que eu sempre encontrava no Rio? Procuro-o por aqui e por ali — e não o vejo mais!"

Eu nunca tinha notado que fôssemos tão sorridentes. E comecei a prestar atenção. E a indagar. Na verdade, achei as senhoras de testa franzida; e as que a não franziam, temendo rugas, tinham um olhar tão severo que me inspirava algum terror. Fui conduzindo suavemente o meu inquérito: "Que é do seu sorriso? Daquele sorriso de outrora... isto é, do começo do ano... do mês passado?..." As senhoras ficaram impacientes: "Que sorriso? Como se pode sorrir com o preço do bife e uma casa em que todos só querem comer *filé mignon*? Quem é que pode sorrir olhando para um quilo de carne de baleia?"

Com pessoas idosas, divaguei acerca do nosso desa-

parecido sorriso, e cada uma tinha suas amarguras: veja as filas para a condução! veja os preços dos remédios! veja as lambretas! veja a praia de Copacabana! veja o *strip tease*! veja isto, veja aquilo...
Assim, do setor econômico-financeiro íamos deslizando para o da educação. Mas não paramos aí, porque havia quem dissesse: "Veja fulano! sicrano! beltrano! veja as leis! veja o abuso das leis!" — "Veja os partidos! veja a demagogia! tem ouvido os discursos? tem lido os jornais?" — e assim, já nos caminhos (tortuosos) da Política, íamos encontrar explicações para esta coisa tão pequena: um sorriso desaparecido.
Por fim, falaram os jovens. Estavam todos desgostosos. Uns com o motor do carro, outro com o corte dos cabelos, alguns por não terem sido premiados nisto ou naquilo, outros por não terem sido promovidos; este, porque lhe roubaram uma idéia; aquele porque fez um mau negócio.
Depois, havia o dólar, havia as explosões atômicas, medos, mentiras, ambições... Havia o país e o mundo refletindo-se nesta boa cidade amável de outrora. Como podiam sorrir os seus habitantes?
Notei que, na verdade, ninguém mais sorri. Mesmo as jovens belezinhas, carregando seus penteados e colares, quando querem fazer um jeitinho gracioso com a boca — seja pelas tintas, pelos dentes ou mesmo pelas disposições gerais, fazem apenas uma careta moderna, que nos causa tristeza. Que é do antigo sorriso? — Que é do sorriso? — Quando voltará?

Escolha o Seu Sonho

DEVÍAMOS PODER PREPARAR OS NOSSOS sonhos como os artistas, as suas composições. Com a matéria sutil da noite e da nossa alma, devíamos poder construir essas pequenas obras-primas incomunicáveis, que, ainda menos que a rosa, duram apenas o instante em que vão sendo sonhadas, e logo se apagam sem outro vestígio que a nossa memória.

Como quem resolve uma viagem, devíamos poder escolher essas explicações sem veículos nem companhia — por mares, grutas, neves, montanhas, e até pelos astros, onde moram desde sempre heróis e deuses de todas as mitologias, e os fabulosos animais do Zodíaco.

Devíamos, à vontade, passear pelas margens do Paraíba, lá onde suas espumas crespas correm com o luar por entre as pedras, ao mesmo tempo cantando e chorando. — Ou habitar uma tarde prateada de Florença, e ir sorrindo para cada estátua dos palácios e das ruas, como quem saúda muitas famílias de mármore... — Ou contemplar nos Açores hortênsias da altura de uma casa, lagos de duas cores e cestos de vime nascendo entre fontes, com águas frias de um lado e, do outro, quentes... — Ou chegar a Ouro Preto e continuar a ouvir aquela me-

ESCOLHA O SEU SONHO

nina que estuda piano há duzentos anos, hesitante e invisível — enquanto o cavalo branco escolhe, de olhos baixos, o trevo de quatro folhas que vai comer...
 Quantos lugares, meu Deus, para essas excursões! Lugares recordados ou apenas imaginados. Campos orientais atravessados por nuvens de pavões. Ruas amarelas de pó, amarelas de sol, onde os camelos de perfil de gôndola estacionam, com seus carros. Avenidas cor-de-rosa, por onde cavalinhos emplumados, de rosa na testa e colar ao pescoço, conduzem leves e elegantes coches policromos...
 ... E lugares inventados, feitos ao nosso gosto; jardins no meio do mar; pianos brancos que tocam sozinhos; livros que se desarmam, transformados em música.
 Oh! os sonhos do "Poronominare"!... Lembram-se? Sonhos dos nossos índios: rios que vão subindo por cima das ilhas: ...meninos transparentes, que deixam ver a luz do sol do outro lado do corpo... gente com cabeça de pássaros... flechas voando atrás de sombras velozes... moscas que se transformam em guaribas... canoas... serras... bandos de beija-flores e borboletas que trazem mel para a criança que tem fome e a levantam em suas asas...
 Devíamos poder sonhar com as criaturas que nunca vimos e gostaríamos de ter visto: Alexandre, o Grande; São João Batista; o Rei David, a cantar; o Príncipe Gautama...
 E sonhar com os que amamos e conhecemos, e estão perto ou longe, vivos ou mortos... Sonhar com eles no seu melhor momento, quando foram mais merecedores de amor imortal...
 Ah!... — (que gostaria você de sonhar esta noite?)

Tristeza de Cronista

A MOÇA VIERA DA CIDADE PARA OS lados de Botafogo. No ônibus repleto, dois rapazes de pé conversavam, e sua conversa era ouvida por todos os passageiros. (Inconveniente dos hábitos atuais.) Eram dois rapazes modernos, bem-vestidos, bem-nutridos. (Ah! este excesso de vitaminas e de esportes!) Um não conhecia quase nada da cidade e o outro servia-lhe de cicerone. Mostrava-lhe, pois, a Avenida e os seus principais edifícios, a Cinelândia, o Obelisco, o Monumento dos Pracinhas, o Museu de Arte Moderna, o Aterro, o mar...

O outro interessava-se logo pelas minúcias: qual o melhor cinema? quantos pracinhas estão ali? que se pode ver no Museu? Mas os ônibus andam tão depressa e caprichosamente que as perguntas e respostas se desencontravam. (Que fôlego humano pode competir com o de um ônibus?)

Quanto ao Pão de Açúcar, o moço não manifestou grande surpresa: já o conhecia de cartões-postais; apenas exprimiu o seu receio de vir o carrinho a enguiçar. Mas o outro combateu com energia tal receio, como se ele mesmo fosse o engenheiro da empresa ou, pelo menos, agente turístico.

ESCOLHA O SEU SONHO

Assim chegaram a Botafogo, e a atenção de ambos voltou-se para o Corcovado, porque um dizia: "Quando você vir o Cristo mudar de posição, e ficar de lado e não de frente, como agora, deve tocar a campanhia, porque é o lugar de saltar." O companheiro prestou atenção.

Mas, enquanto não saltava, o cicerone explicou ao companheiro: "Nesta rua há uma casa muito importante. É a casa de Ruy Barbosa. Você já ouviu falar nele?" O outro respondeu que sim, porém sem grande convicção. Mais adiante, o outro insistiu: "É uma casa formidável. Imagine que tudo lá dentro está conforme ele deixou!" O segundo aprovou, balançando a cabeça com muita seriedade e respeito. Mas o primeiro estava empolgado pelo assunto e tornou a perguntar: "Você sabe quem foi Ruy Barbosa, não sabe?" O segundo atendeu ao interesse do amigo: "Foi um sambista, não foi?" O primeiro ficou um pouco sem jeito, principalmente porque uns dois passageiros levantaram a cabeça para aquela conversa. Diminuiu um pouco a voz: "Sambista, não." E tentou explicar. Mas as palavras não lhe ocorriam e ficou por aqui: "Foi... foi uma pessoa muito falada." O outro não respondeu.

E foi assim que o Cristo do Corcovado mudou de posição sem eles perceberem, e saltaram fora do ponto.

Ora, a moça disse-me: "Você com isso pode fazer uma crônica." Respondi-lhe: "A crônica já está feita por si mesma. É o retrato deste mundo confuso, destas cabeças desajustadas. Poderão elas ser consertadas? Haverá maneira de se pôr ordem nessa confusão? Há crônicas e crônicas mostrando o caos a que fomos lançados. Adianta alguma coisa escrever para os que não querem resolver?"

A moça ficou triste e suspirou. (Ai, nós todos andamos tristes e suspiramos!)

Brinquedos Incendiados

UMA NOITE HOUVE UM INCÊNDIO num bazar. E no fogo total desapareceram consumidos os seus brinquedos. Nós, crianças, conhecíamos aqueles brinquedos um por um, de tanto mirá-los nos mostruários — uns, pendentes de longos barbantes; outros, apenas entrevistos em suas caixas. Ah! maravilhosas bonecas louras, de chapéus de seda! pianos cujos sons cheiravam a metal e verniz! carneirinhos lanudos, de guizo ao pescoço! piões zumbidores! — e uns bondes com algumas letras escritas ao contrário, coisa que muito nos seduzia — filhotes que éramos, então, de Mr. Jordain, fazendo a nossa poesia concreta antes do tempo.

Às vezes, num aniversário, ou pelo Natal, conseguimos receber de presente algum bonequinho de celulóide, modestos cavalinhos de lata, bolas de gude, barquinhos sem possibilidades de navegação... — pois aquelas admiráveis bonecas de seda e filó, aqueles batalhões completos de soldados de chumbo, aquelas casas de madeira com portas e janelas, isso não chegávamos a imaginar sequer para onde iria. Amávamos os brinquedos sem esperança nem inveja, sabendo que jamais chegariam às nossas mãos, possuindo-os apenas em sonho, como se para isso, apenas, tivessem sido feitos.

Assim, o bando que passava, de casa para a escola e da escola para casa, parava longo tempo a contemplar aqueles brinquedos e lia aqueles nítidos preços, com seus cifrões e zeros, sem muita noção do valor — porque nós, crianças, de bolsos vazios, como os namorados antigos, éramos só renúncia e amor. Bastava-nos levar na memória aquelas imagens e deixar cravados nelas, como setas, os nossos olhos.

Ora, uma noite, correu a notícia de que o bazar incendiara. E foi uma espécie de festa fantástica. O fogo ia muito alto, o céu ficava todo rubro, voavam chispas e labaredas pelo bairro todo. As crianças queriam ver o incêndio de perto, não se contentavam com portas e janelas, fugiam para a rua, onde brilhavam bombeiros entre jorros d'água. A elas não interessavam nada peças de pano, cetins, cretones, cobertores, que os adultos lamentavam. Sofriam pelos cavalinhos e bonecas, os trens e palhaços, fechados, sufocados em suas grandes caixas. Brinquedos que jamais teriam possuído, sonho apenas da infância, amor platônico.

O incêndio, porém, levou tudo. O bazar ficou sendo um fumoso galpão de cinzas.

Felizmente, ninguém tinha morrido — diziam em redor. Como não tinha morrido ninguém?, pensavam as crianças. Tinha morrido um mundo e, dentro dele, os olhos amorosos das crianças, ali deixados.

E começávamos a pressentir que viriam outros incêndios. Em outras idades. De outros brinquedos. Até que um dia também desaparecêssemos sem socorro, nós brinquedos que somos, talvez de anjos distantes!

A Enfermeira Egípcia

PARECEU-ME MUITO NATURAL TER uma enfermeira egípcia. Não egípcia de hoje, mas dos velhos tempos, com a roupa sucinta dos antigos painéis, o cabelo em trapézio, as unhas bem-desenhadas, o corpo e cabeça desencontrados entre perfil e frente.

Não esperei de sua parte nenhuma comunicação, por me lembrar de que mesmo os egiptólogos duvidam de uma possibilidade de diálogo com qualquer velho egípcio, dada a provável distância entre a forma de um hieróglifo e o seu respectivo som.

Deixei que a moça desdobrasse em redor de mim o ritmo de suas seqüências: com os dedos esguios, prolongados, em pinças, ela segurava, abria, desenrolava gazes, enquanto eu me deixava docemente ungir, enfaixar, mumificar. O algodão alastrava-se em muros brancos de silêncio. Dilatavam-se os aromas: deviam ser gomas, essências, óleos. Nardo, talvez? Acácia? Mirra?

A moça alisara as minhas veias — e era como se estivesse acariciando a superfície do Nilo. Das minhas veias ela tirava, decerto, peixinhos, lótus e eu me sentia ora vermelha, ora azul, como um adereço antigo de lápis-lazúli e coral.

Nas minhas veias ela deixava gotejar orvalhos do céu, trazidos nas pontas dos seus dedos em clepsidras de cristal. A moça não sorria nem estava triste. Aplicava-me ao braço uma estrela mágica, virava o perfil para o Oriente, contemplava o tempo; e só com isso descobria as forças do meu coração e lia a minha vida em cada víscera. Depois eu adormecia calmamente: decerto, a moça estaria tocando harpa em algum lugar invisível, seus dedos ágeis subindo e descendo degraus de ouro e seda, a sua voz de quatro mil anos dizendo, com secreta linguagem:

"Olhei-me ao espelho:
teu rosto encontrei.
Olhaste meu rosto:
não viste ninguém..."

(Isto eu inventava, em sonhos, que a moça estivesse cantando.)

Ela retornava com o sol, passando pelo lago que devia estar repleto de crocodilos estáticos. Recomeçava seu ritual, manipulando bálsamos, essências, pós, enrolando rosas de algodão e de gazes, num mundo de brancuras regido por suas delgadas mãos hieráticas.

Reparei que, à tarde, quando seu perfil girava para o ombro direito, seu olho, em forma de pássaro negro, voava para o horizonte, como à espera de alguma presença que não chegava. Até que uma noite a barca da lua se aproximou demasiadamente das montanhas, dos telhados, da minha varanda — e eu vi a moça egípcia, de perfil e de frente, caminhar para ela, soerguer sua túnica plissada e inclinar a cabeça, de negra peruca em trapézio. Saltou para a barca, suavemente, e a barca partiu não me lembro em que direção. À proa, a moça olhava para muito longe, com seu olho em forma de pássaro.

Na verdade, a barca era a luz crescente e era uma harpa dourada. A moça deve ir cantando lá pelos seus mundos:

"Quantos amores felizes
à sombra dos sicômoros!
Debaixo de quantos desertos
meu coração com o teu nome!"

E irá embalsamando suas próprias palavras, envolvendo-as em faixas brancas, cercando-as de muros de algodão em rama, lá longe, na sua barca-harpa, de ouro e luz...

Seja um Leitor Preferencial Record
e receba informações sobre nossos lançamentos.
Escreva para
RP Record
Caixa Postal 23.052
Rio de Janeiro, RJ – CEP 20922-970
dando seu nome e endereço
e tenha acesso a nossas ofertas especiais.

Válido somente no Brasil.

Ou visite a nossa *home page*:
http://www.record.com.br

Impresso no Brasil pelo
Sistema Cameron da Divisão Gráfica da
DISTRIBUIDORA RECORD DE SERVIÇOS DE IMPRENSA S.A.
Rua Argentina 171 – Rio de Janeiro, RJ – 20921-380 – Tel.: 2585-2000